※ 名家导赏版 ※

# 契诃夫戏剧全集

# 伊凡诺夫

5

**Иванов**

Антон Павлович Чехов

安东·巴甫洛维奇·契诃夫　著

焦菊隐　译

上海译文出版社

# 目 录

导读

邹卓凡　你好，伊凡诺夫 ................................. *I*

伊凡诺夫 ................................................ *1*

  人物表 .............................................. *3*

  第一幕 .............................................. *5*

  第二幕 .............................................. *33*

  第三幕 .............................................. *67*

  第四幕 .............................................. *101*

\* 导 读 \*

# 你好，伊凡诺夫

邹卓凡

大学生契诃夫把精心修改的《没有父亲的人》寄出后，遭到了退稿，于是他将剧本束之高阁，再也没有把这部作品收入自己的文集之中。若不是后人在整理其手稿时发现了它，我们可能就要与之擦肩而过了。因此当契诃夫谈论起《伊凡诺夫》的创作时，直接把它当作自己的处女作。他认为自己是头一回写戏，错误是在所难免的，但仍然很高兴自己创造了一个有文学意义的典型形象。对于这一形象的创造，契诃夫是这样阐述的："我一直怀抱着一种大胆的幻想，很想把迄今为止我所描写过的那些哀愁悲伤的人物都概括出来，并且以我的伊凡诺夫来结束对这些人物的描写。"[1] 同时他认为这部戏的情节复杂而不愚蠢，"每一幕都和平安静地进行。到结局我打了观众一个耳光"。[2]

童道明先生在谈到这两部戏时，认为"如果我们读完《没有父亲的人》之后再读《伊凡诺夫》，就能同意这样一个观点：普拉东诺夫是伊凡诺夫的前身"。[3] 契诃夫也在给苏沃林的信中反复谈到伊凡诺夫具有俄罗斯人独特的性质："他内心所起的变化违背了他的正直感。他在外界寻找理由，没有找到；他开始在自己内心寻找，却只找到一种模糊的犯罪感觉。这是俄罗斯人才有的感觉。俄罗斯人碰到家里有人死了，或者害了病，或者他欠了别人的债，或者他借给别人钱，总是觉着自己有罪。"[4] 但普拉东诺夫与伊凡诺夫又不尽相同，契诃夫在信中郑重强调过，不能把伊凡诺夫算在哈姆雷特或是多余人的行列中。如果说普拉东诺夫身上尚有一丝哈姆雷特式的放荡不羁，那么伊凡诺夫却只剩下愁容满面了。

值得注意的是，契诃夫不愿意将伊凡诺夫列入"多余人"的行列中，除了要捍卫自己创作的戏剧人物的独创性，更重要的是不能让观众先入为主地，通过这个代

---

1 玛·斯特罗耶娃：《契诃夫与艺术剧院》，吴启元、田大畏、均时译，北京：中国戏剧出版社，1960年1月，第226—227页。
2 安·巴·契诃夫：《契诃夫论文学》，汝龙译，北京：人民文学出版社，1958年9月，第51页。
3 安·巴·契诃夫：《没有父亲的人·林妖》，童道明译，上海：上海译文出版社，2014年9月，第8页。
4 安·巴·契诃夫：《契诃夫论文学》，汝龙译，北京：人民文学出版社，1958年9月，第133页。

表着贵族知识分子的文学形象标签来理解伊凡诺夫。契诃夫想结束的不仅是自己过去小说中那些哀愁悲伤的人物，更希望尽快结束俄国文学史上过于矫情的自我怜悯的文学传统。他希望能通过《伊凡诺夫》这个总结让人们意识到，就算伊凡诺夫比剧中其他人物在本质上更加正直有良知，也改变不了他面对现实生活时仍旧是个"罪人"的事实。妻子安娜因他的冷漠抑郁而终，情人萨沙又为他的言行反复而崩溃，伊凡诺夫当然应该为此负责。伊凡诺夫与普拉东诺夫最大的区别在于，伊凡诺夫已经三十五岁了，而他每一个新的戏剧动作都在带给周围人更大的灾难，他却只能在自我谴责中越发堕落，而并非令他人警醒。作者在第一幕开场时就让鲍尔金半开玩笑地用枪瞄准他，这除了预示了这个人物最终的结局，也暗示了周围其他人物对他早已心怀不满。契诃夫让普拉东诺夫最终无法开这一枪，却让伊凡诺夫选择主动自杀结束自己在下坡路上的翻滚。这是两个有相似性但人物色彩并不相同的戏剧人物，契诃夫对二者态度的区别非常明显。

　　安娜与伊凡诺夫的婚姻关系是契诃夫戏剧体系中最为复杂的。安娜死后，这种矛盾转移到了伊凡诺夫和萨沙身上，基本上构成了前三幕的主要矛盾。安娜看似"聪明、正派，几乎是一个圣徒"，为了嫁给伊凡诺夫改变宗教、抛开父母、放弃财产，都是由于她身为犹太人其民族和信仰的特殊性。可是尽管如此她也并不曾真正地融入其他人，就连伊凡诺夫都在言辞中透露出了对于她特殊身份的不满，觉得这是造成他们之间关系紧张的罪魁祸首。婚后二人之间的爱并没有撑过五年，伊凡诺夫就因为厌倦，将她留在家里，由年事已高的舅舅沙别尔斯基陪伴着她，自己却每晚去主席家排遣郁闷。这其中除了伊凡诺夫自身的问题，也少不了安娜将伊凡诺夫看得过于理想化，给予了对方过大压力的原因。安娜是契诃夫作品中一位非常特殊的戏剧人物，她代表了契诃夫对于犹太民族与俄罗斯民族相处相融中存在问题的一种观察，显然契诃夫对此的态度并不乐观。这并不是作者第一次在作品中表现这一点，在《没有父亲的人》中也曾谈到犹太知识分子的问题，但作为一个典型的犹太文学形象却是从安娜这个人物才开始确立下来的。

在此剧中，契诃夫同时塑造了另一个举足轻重的人物，那就是害了"正直病"的里沃夫医生。契诃夫在阐述这个人物时将他概括为"人格化了的公式和能行走的倾向性"[1]。里沃夫从第一幕开始便在纠缠伊凡诺夫，这个戏剧动作贯穿始终。他看似是一个有些越界的、过于

---

[1] 格·彼·别尔德尼科夫：《安·巴·契诃夫思想和创作探索》，朱逸森译，上海：华东师范大学出版社，2015年5月，第87页。

负责的家庭医生，愤愤不平地要求伊凡诺夫对安娜更好一些。但实质上他是分文不取地赖在伊凡诺夫家里，不假思索地对伊凡诺夫提出各种要求。伊凡诺夫、安娜和里沃夫三人共同构成了全剧最核心的人物关系，他们之间由于全然不同的价值观而产生的矛盾，是本剧最重要的戏剧冲突。伊凡诺夫是能够意识到自身弊端的知识分子，他只是没有改变现状的能力，并为此所困。而里沃夫医生有着太迫切的动力，想要改变一切与他想法不相符的事物，并且美其名曰"正直"。他对安娜的关注中当然具有超越了医患关系的情感因素，但他的"正直"压抑了他的情感，他根本不会也不知道该如何表达，于是全都变相地转化为对伊凡诺夫的指责。可伊凡诺夫对他却始终很包容，甚至觉得他是诚恳的。这是因为里沃夫在认定某件事后就一定会付诸行动，他的行动力博得了懦弱的伊凡诺夫的好感。但里沃夫的行动力却在自己错误认知的领导下，将一个有着大好前程的青年变成了一个愤世嫉俗的蠢货。

伊凡诺夫和里沃夫共同建构了此剧最重要的主题，那就是当一个人刚刚过完青年时期就丧失了人生全部的希望，他将如何度过自己的一生。作者不仅通过主要戏剧人物之间的戏剧冲突来表现这一点，也通过两代人之间的新旧对比进行了深入的表达。安娜与父母之间充满了仇恨，萨沙对于父母而言则是一个过路的陌生人。萨沙的父亲列别捷夫年轻时候也是一名推崇自由主义的莫斯科大学生，可现在却成了唯唯诺诺的、惧内的老酒鬼，竟然会在萨沙婚前奉老婆的指令来跟女儿谈如何克扣她的陪嫁。他此刻信仰的是"随时会死"的人生哲学，这一切都是因为他年轻的时候"把自己压坏了"。伊凡诺夫如果一直活下去，或许就会变成另一个列别捷夫。可以说伊凡诺夫自杀的根本原因，就是为了避免未来成为老了的"列别捷夫"们。契诃夫借助了两代人之间并不清晰的联系，通过他们不同年龄段的人生状态，展现出一个俄国人一生的样子。

伊凡诺夫作为一个圆心，主要受到来自妻子安娜、情人萨沙和"正直病"病人里沃夫的互相拉扯，同时还要受到来自不正经的舅舅沙别尔斯基、混吃行骗的远亲鲍尔金、酗酒无聊的主席列别捷夫、咄咄逼人的债主齐娜依达和风流寡妇巴巴金娜等人的骚扰。而这些人物之间又不断地相互作用和影响着，彼此都在无限逼近对方的底线。在这一片嘈杂而喧闹的混乱之中，没有人是不孤独的。伊凡诺夫对于人生失去了希望，就是因为无法从这种彼此牵制的关系中逃脱出来，更无法找寻到解决问题的方法。正如里沃夫坚决要求伊凡诺夫改正自己的行为，伊凡诺夫反问他你究竟希望我该怎么做时，里沃夫只得含糊其词地说，至少不能这样毫无顾忌地生活下去。伊凡诺夫苦笑了，因为生活的问题根本不在于此。他不仅毫无办法，还得承受来自里沃夫无聊的指责，甚至谣传的污名。伊凡诺夫在社会关系中是孤独的。而看似真心关爱他的仰慕者萨沙，却也只管一味将伊凡诺夫当作自己情感的投射，运用她少女的幻想哲学来逼迫着伊凡诺夫。伊凡诺夫意识到这并不是爱，而是对方天性里的一种顽固，列别捷夫则干脆称之为神经病。伊凡诺夫在情感关系中仍然是孤独的。正是这种种的孤独，共同构成了所谓的"环境"——那些逼迫着也摧毁着每一个剧中人的事物。

丹钦科把这种人与环境的关系理解为是"贯穿在'庸俗'与'文明'这两者的'永恒的'冲突之中"。[1] 这其实就是《没有父亲的人》中同样涉及的"错位"主题，而伊凡诺夫多次在独白中表现了这一点。伊凡诺夫的错位在于对自身处境的误解，他觉得自己凭着一己之力在与千万人对抗。如果他能够安于自己微小的职责而不是执着于拥有更理想的人生状态，或许就能感到安乐幸福且正当得多。伊凡诺夫这种情绪便是契诃夫急于结束掉的错位的自我审视，但这种现象并不只是在伊凡诺夫身上发生。人们把虚妄的希望建立在彩票中奖上，因此奖券的

---

[1] 参见玛·斯特罗耶娃：《契诃夫与艺术剧院》，吴启元、田大畏、均时译，北京：中国戏剧出版社，1960年1月，第234页。

数额涨得吓人。就像科西赫在里沃夫要求他评价伊凡诺夫时，只是出于对方打起牌来像个鞋匠，就认定他在与安娜的婚姻中是个骗子。而其中最大的错位却在于，这个困扰着伊凡诺夫的婚姻阴谋论，没想到最终一步步让安娜信以为真。因此伊凡诺夫在极度愤怒的情况下，将安娜不久于人世的真相脱口而出。第三幕就在这里戛然而止，而第四幕开场时已经是一年后伊凡诺夫与萨沙的婚礼了。在这没有被书写的一年间，一个痛苦的生命离去，另外两个痛苦的生命在结合后将被迫继续自己无望的人生。这些主题共同表达了契诃夫对于生活的看法："生活里是没有主题的。一切都搀混着：深刻的和浅薄的，伟大的和渺小的，悲惨的和滑稽的。"[1]

《伊凡诺夫》作为契诃夫早期戏剧作品的阶段性总结，最主要的贡献就在于确立了契诃夫对于"人与环境"的思考这一大主题。这种思考带有某种向喜剧性靠拢的倾向，目的是为了不让观众因移情于主人公的命运，沉浸在戏剧故事之中，而是要抽身出来全面地去看待剧中每一个人物。这就是《伊凡诺夫》之所以是正剧而非悲剧的主要原因。美国戏剧理论家罗伯特·W.科里根引用了桑塔亚纳的话来说明契诃夫式的喜剧，他认为："生活

---

1 安·巴·契诃夫：《契诃夫论文学》，汝龙译，北京：人民文学出版社，1958年9月，第408页。

中的一切在它理想的本质上是抒情的,悲剧在于它的命运,而喜剧却是它的存在状态。"[1]

若论戏剧形式,这两部作品尚未脱离传统戏剧的框架,仍然是围绕一个中心人物展开的。同时在戏剧技巧上也仍依赖于巧合,如安娜在剧中唯一一次出门赴宴就看到了伊凡诺夫和萨沙二人拥吻。而第一幕中关于伊凡诺夫婚姻的阴谋论看似谣传,却又引发了质变,直至最终酝酿为悲剧,导致了伊凡诺夫当众自杀身亡。强烈的戏剧动作和激变的戏剧性,都妨碍了契诃夫想要让观众们更深入地体会"人与环境"的意图。直抒胸臆的台词和过于直白的主题先行,包括伊凡诺夫独白中过分强调的自我认知,都导致作品中的潜台词并不丰富。但是从《伊凡诺夫》开始,契诃夫比创作《没有父亲的人》时更有意识地通过停顿来建立独特的戏剧节奏。观众能够通过剧中人物言谈间的停顿,感受到存在于文本之外的、人物脑海之中一闪而过的念头,甚至是某些转瞬即逝的印象。这些闪念超越了文本表面的含义,在舞台时空之外,营造出了人物内心巨大的心理时空。正是这种人物心理时空与社会环境的冲突,构成了契诃夫戏剧独特的、

---

[1] CORRIGAN, ROBERT W. "Introduction: Comedy and the Comic Spirit", *Comedy: Meaning and Form*, California: Chandler Publishing Company, 1965.

不断内化的艺术特征。

契诃夫早期剧作《没有父亲的人》《伊凡诺夫》中，虽然已经呈现出淡化情节的戏剧风格，但是仍然在叙事结构上以起承转合的方式追求客观的合理性。《伊凡诺夫》作为契诃夫创作的阶段性总结，保持了一定的现实主义叙事结构模式的特点。其创作理念和方法也为后来的《海鸥》《三姐妹》《樱桃园》等剧作所发展延伸，构成了契诃夫剧作的层次丰富的创作风貌。契诃夫作为现代政治剧和思想剧的奠基者，深刻地影响了现代戏剧发展，这都与他早期剧作的探索和实践密不可分。\*

---

\* 此文原载《新戏剧》2020年第6期，收入书中有改动。——编者

# 伊凡诺夫

**四幕正剧**

一八八七年

# 人物表

**伊凡诺夫,尼古拉·阿列克塞耶维奇**——乡民事务评议会常务委员。

**安娜·彼特罗夫娜(安妞塔)**——他的妻,受洗礼和结婚以前,名叫萨拉·阿勃拉姆松。

**沙别尔斯基,玛特维·谢苗诺维奇(玛秋沙)**——伯爵,伊凡诺夫的舅舅。

**列别捷夫,巴维尔·基里利奇(巴沙)**——地方自治会议主席。

**齐娜伊达·萨维什娜(久久什卡)**——他的妻。

**萨沙**——他们的女儿,二十岁。

**里沃夫,叶甫盖尼·康斯坦丁诺维奇**——地方自治会议的青年医生。

**巴巴金娜,玛尔法·叶戈罗夫娜**——地主寡妇,一个富商的女儿。

**科西赫,德米特里·尼基季奇**——税吏。

**鲍尔金,米哈伊尔·米哈伊洛维奇(米沙)**——伊凡诺夫的远亲和产业管理人。

**阿夫多季雅·纳扎罗夫娜**——没有固定职业的老妇。

**叶戈鲁什卡**——列别捷夫家的食客。

**第一客人**

**第二客人**

第三客人

第四客人

**彼得**——伊凡诺夫的男仆。

**加夫里拉**——列别捷夫家的男仆。

**客人们**——男，女。

**男仆们**

故事发生在中俄罗斯的某一地区。
第三幕和第四幕之间相隔约一年。

# 第一幕

伊凡诺夫庄院的花园。左方,带凉台的房子正面,开着一扇窗子。凉台前,一片宽阔的半圆形空场,两条园径,一条和房子成直角,另一条通向右方,都从空场通到花园。凉台的右方,是些花园座位和桌子。一张桌子上,点着一盏油灯。临近黄昏。幕开时,房子里有钢琴和大提琴二重奏的声音。

## 一

伊凡诺夫和鲍尔金上。

伊凡诺夫坐在一张桌子旁边读书。鲍尔金穿着长筒靴,拿着一支枪,出现在花园远处的一头——微微有点醉意;看见了伊凡诺夫,用脚尖向他走来，等走到他的面前，就举起枪来直对着他的脸瞄准。

**伊凡诺夫** （看见了鲍尔金，吓得跳起来）米沙，你这是干什么？……你吓了我一跳……我心里烦成这样，你还来跟我开这种无味的玩笑……（坐下）他吓了我，自己还高兴呢……

**鲍尔金** （笑）好啦，好啦……对不住，对不住。（坐在他身旁）我下次再不这样啦，真的再不啦……（摘下帽子）我热。你相信吗，我的亲爱的朋友，三个钟头我一口气差不多跑了十八里[1]呀！……不信就摸摸我的心，跳得多厉害！……

**伊凡诺夫** （读着书）好，就摸……

**鲍尔金** 不行，马上就摸。（拉过伊凡诺夫的手来，放在自己的胸口上）你听见了吗？突突—突突—突突的……这表明我有心脏病，你知道。我可能忽然就死了，说不定哪会儿。我说，如果我死了，你会难过吗？

**伊凡诺夫** 我正在看书呢……待会儿再……

**鲍尔金** 不行，不开玩笑，我死了你会难过吗？尼古拉·阿列克塞耶维奇，我死了你会难过吗？

---

1 此处指俄里，下同。（脚注如无特别说明，均为译者注。）

伊凡诺夫　不要纠缠不休了！

鲍尔金　我亲爱的伙计，一定得告诉我，你难过不难过？

伊凡诺夫　我难过的是你这浑身的伏特加味儿。米沙，这叫人恶心！

鲍尔金　（笑）我有酒味儿吗？多么奇怪呀！……不过这也没有什么可奇怪的，说真的。在普列斯尼基，我遇见了那个检察官，我得承认，我们每人都干了有八杯的样子。喝酒对人有害，实在是。我说，这对人有害，是不是？是呢，还是不是呢？

伊凡诺夫　这真叫人受不了……你得明白，你这简直是发疯……

鲍尔金　好啦，好啦……我对不住，我对不住……上帝祝福你；清清静静地坐着吧……（站起来，走开）多古怪的人哪；连话都不能跟他们谈！（走回来）啊，对啦，我差一点儿忘了……给我八十二个卢布。

伊凡诺夫　什么八十二个卢布？

鲍尔金　明天付给雇工的啊。

伊凡诺夫　我还没有拿到钱呢。

鲍尔金　非常感谢！（模仿着）我还没有拿到钱呢……可是雇工应当给工钱，不应当给吗？

伊凡诺夫　我不知道。我今天没有钱。等到下月一号我领了薪水吧。

鲍尔金　跟这种人说话可真叫好！……雇工们可不能等

到一号有钱才来呀；他们明天早晨就来！……

**伊凡诺夫** 那，我可有什么办法呢？你可以割断我的喉咙，可以把我切成碎块儿……你这种习气多么讨人厌啊，总是在我看书或写东西的时候，或者……来打搅我。

**鲍尔金** 我问你，雇工该给钱不该？可是跟你说又有什么用呢！（摇手）他还是个乡下绅士呢——该死的，还是一个地主呢！……最新式的耕种方法……三千亩地，可口袋里没有一个钱！……有酒窖子，可没开瓶塞的钻子……我明天就把那三匹马卖掉！卖！我把燕麦已经卖了青，现在我就去卖黑麦！（在台上大步子来回走）你以为我会犹豫吗？嗯？不，那你可就想错了人啦……

## 二

人物同上，沙别尔斯基（在幕后）和安娜·彼特罗夫娜上。

房子里，沙别尔斯基的声音："跟你一块演奏可真困难……你跟塞了馅的梭鱼一样，没耳朵，再说，你的指法也真可怕！"

安娜·彼特罗夫娜 （出现在开着的窗口前）刚才是谁在这儿说话？是你吗，米沙？你为什么这样跑来跑去呀？

鲍尔金  光是你的 Nicolas-voilà[1]，就足够把人逼得什么事都干得出来啦！

安娜·彼特罗夫娜  我说，米沙，叫人弄点干草来，铺在棒球场上吧。

鲍尔金 （用手向她一挥）请不要打搅我……

安娜·彼特罗夫娜  哎呀！这叫怎么一个说话的样子呀！……这种口气，和你不相称。如果你想叫女人们爱你，你就永远也不要对她们发脾气，或者搭那么大的架子。（向她丈夫）尼古拉，咱们到干草堆上翻斤斗玩去吧！

伊凡诺夫  站在打开的窗口，对你的身体不好，安妞塔。请到里边去……（喊）舅舅，关上窗子。

［窗子关上。

鲍尔金  不要忘记，两天以后，你得付给列别捷夫利息。

伊凡诺夫  我记得。今天我就要到列别捷夫家去，请他等一等。（看表）

鲍尔金  你什么时候去？

---

[1] 法语，这个尼古拉。

**伊凡诺夫**　这就去。

**鲍尔金**　（热切地）等一会儿！我相信今天确实是萨沙的生日……啧—啧—啧……可我怎么给忘了呢……什么记性呀！（四下里跳跃）我也去——我也去。（歌唱似的说了一句）我也去……我去洗个澡，好好嚼它几口纸烟，嗅上三滴阿莫尼亚水，不管什么事我就会有精神再去干它一下了……尼古拉·阿列克塞耶维奇，亲爱的呀，我的可爱的人呀，我心上的天使呀，你总是苦闷，总是抱怨，总是无精打采的，可是，你就半点儿也不知道，咱们两个人要是合起手儿来，能做出多大的事业呀！无论什么事情，我都准备为你去干……你愿不愿意我为了你去娶玛尔夫莎·巴巴金娜呀？这个寡妇的财产，一半归你……不，不是一半，全部，全部归你！

**伊凡诺夫**　这些无聊的胡话，千万打住吧。

**鲍尔金**　说正经的，这不是胡话！你让我娶玛尔夫莎吗？她陪过来的财产，咱们一人一半……可是你看，我为什么跟你说这个呢？好像你会了解似的。（模仿着）"这些无聊的胡话，千万打住吧。"你是一个可爱的人，一个聪明人，只是你一点儿也没有那种味儿，你知道，一点也没有那种劲儿……咱们得好好干一下，叫他们羡慕得要命……你是个疯子，如果你是个正常的人，你就能够一年弄到一百万。比如说吧,我此刻如果有两千三百个卢布,半个月以后,我就能有两万。这你不信吗?你管这也叫无聊的胡话吗?不是啊,这可不是无聊的胡话……不信你给我两千三百个卢布,一个星期以后,我准给你弄来两万。河对岸奥甫夏诺夫正要出卖一块地皮,和我们正面对面,要两千三百卢布。那块地皮咱们要是买下来,河的两边可就都是咱们的啦,如果河两岸都是咱们的呢,你明白,咱们当然就有权利把河给拦上一道坝,咱没有这权利吗?咱们就宣扬出去,说要盖一座磨坊,只要咱们一叫大家知道咱要拦上水坝啦,那么,住在下游的人,马上就都得轰动起来,那咱们可就要说啦——Kommen sie hier[1],你们要是不愿意有这道坝,你们就出钱吧。你明白吗?扎列夫工厂,准得给咱们五千,科罗尔科夫准是三千,修道院准是五千……

**伊凡诺夫** 这都是满嘴胡话,米沙……如果你不想和我吵起来,这些计划你就自个儿留着用吧。

**鲍尔金** (坐在桌子上)当然喽!……我早知道准是这样!……你自己什么也不干,可也不许我干。

---

[1] 德语,你们到这儿来。

## 三

人物同上，沙别尔斯基和里沃夫上。

**沙别尔斯基** （正和里沃夫走出房子）医生们和律师们恰恰一样；唯一的区别就是，律师只抢你的钱，可是医生呢，又抢你的钱，又害你的命……我说的可不是在座的。（坐在长凳子上）都是些走江湖的，投机取巧的啊……也许，在阿尔卡吉亚[1]，常例里边或许有几个例外，但是啊……我这一辈子里头，在医生身上花去的就有两万左右，可是我从来没有遇见过一个医生，叫我觉着他不是一个领了执照的骗子的。

**鲍尔金** （向伊凡诺夫）是嘛，你自己什么也不干，可什么也不叫我干。所以咱们才没钱啦……

**沙别尔斯基** 我再说一遍，我说的可不是在座的……也许有例外，虽然实在是……（打呵欠）

**伊凡诺夫** （合上书）你觉得怎样，大夫？

**里沃夫** （回头望望窗子）还是我早晨跟你说的：她必须立刻到克里米亚去。（在台上来回踱着）

**沙别尔斯基** （咯咯地笑）克里米亚！米沙，你和我为什

---

[1] 阿尔卡吉亚是古希腊的一个地区，风景优美，古代诗人把它描写成为一个幸福的理想之乡。

么不打定主意当个医生去呢？这多么容易呀……每逢昂戈夫人[1]和奥菲利娅[2]因为没事做而发起喘来，咳嗽起来，你马上拿过一张纸来，按着你那行当的规矩，开上这么一个药方就得了：第一，要个年轻的大夫，再呢，到克里米亚旅行一趟，在克里米亚找个鞑靼向导[3]……

**伊凡诺夫** （向沙别尔斯基）咳，住嘴吧！你怎么这样没完没了哇！（向里沃夫）要到克里米亚去，得有钱。即使我真能想得出办法，她也绝对不肯去。

**里沃夫** 肯，她肯去。

　　　　［停顿。

**鲍尔金** 我说，大夫，安娜·彼特罗夫娜真的病得非到克里米亚去不可吗？

**里沃夫** （回头看窗子）是的，她是肺痨。

**鲍尔金** 哟！……这可真糟！……我早就觉得她那样子好像活不长了。

**里沃夫** 但是……声音不要这么高……她在屋子里会听见的。

---

1 昂戈夫人是十八世纪末叶法国民间所创造出来的一个典型的暴发户人物，契诃夫在此处所引用的，恐怕是克莱尔维勒、西罗丹和维克托·科南所写的三幕轻歌剧《昂戈夫人的女儿》里的人物。
2 奥菲利娅，莎士比亚所写的《哈姆莱特》里的人物。
3 旧俄的贵族地主和资产阶级的女人，时常到克里米亚休养，并且大多数都在那里和鞑靼向导们鬼混。

［停顿。

**鲍尔金** （叹着气）这样的生活啊……人的生活就像野地里长得漂漂亮亮的一朵花；来了一只山羊，把它吃了，那么，这朵花就算没有了。

**沙别尔斯基** 什么都是荒谬、荒谬、荒谬的啊……（打呵欠）荒谬和骗局。

［停顿。

**鲍尔金** 听我说，先生们，我一直在教尼古拉·阿列克塞耶维奇怎样去弄钱。我刚才还给他想了一个堂皇的计划呢，只是他跟往常一样，总是泼冷水。劝不动他……你们就看看他的样子吧：伤感、忧郁、消沉、神经衰弱、垂头丧气……

**沙别尔斯基** （站起来，伸懒腰）你给谁都想过计划，你这个天才；每个人你都教给他怎样去生活，你似乎也可以在我身上试一回呀……给我上一课，你这个有智谋的人，给我指出一条出路吧……

**鲍尔金** （站起来）我洗澡去……再见了，先生们。（向伯爵）你能走的路子多得很……我如果处在你的地位，不出一个星期，准能进两万。（走）

**沙别尔斯基** （跟上他）用什么办法呢？喂，教教我。

**鲍尔金** 用不着教。很简单。（走回来）尼古拉·阿列克塞耶维奇，给我一个卢布！

［伊凡诺夫一句话没有说，把钱给他。

merci[1]！（向伯爵）你手里的王牌还多得很哪。

**沙别尔斯基** （跟上他）那么，这些王牌都是些什么呢？

**鲍尔金** 我如果处在你的地位，不出一个星期，即使不往多处打吧，也准能进三万。（和伯爵下）

**伊凡诺夫** （停顿一下之后）多余的人，多余的话，非得回答不可的无聊问题——这一切，都叫我厌烦得非常不舒服啊，大夫。因此我逐渐变得好发脾气、急躁、粗暴了，连自己也都不知道怎么这样庸俗了。我成天不断地头疼；我睡不着觉，耳鸣……然而又没有法子把这一切摆脱掉……我简直一点办法也没有哇……

**里沃夫** 我要跟你郑重其事地谈一谈，尼古拉·阿列克塞耶维奇。

**伊凡诺夫** 谈什么？

**里沃夫** 关于安娜·彼特罗夫娜。（坐下）她不肯到克里米亚去，可是跟你一块儿去，她会肯的。

**伊凡诺夫** （沉思）一块儿去，我们就必须有那笔费用。而且，那么长的一个假，我也请不下来。今年的休假，我早已度过了……

**里沃夫** 好，情形就算是这样吧。那么，再谈另外一点。治疗肺痨，最重要的条件，是要心情绝对平静，可

---

1 法语，谢谢。

是你的太太从来没有得到过一会儿的安静。你对她的态度使她一刻也不能平静。原谅我，我有点儿激动，所以我要坦白地跟你说说。你的行为是在要她的命啊。

［停顿。

尼古拉·阿列克塞耶维奇，不要再叫我对你保持这种印象了吧！

伊凡诺夫　这话都对，十分对……我早料到我是非常有罪的，然而，我的思想完全混乱了，我的灵魂被一种惰力给麻痹了，因此，我没有能力来了解我自己。无论是别人或者是我自己，我都不了解……（看着窗子）我们的话可能会让人家听见的，咱们去散散步吧。（他们站起来）我很想把整个经过，从头对你讲讲，我亲爱的朋友，不过，话太长啦，又那么复杂，说到明天早晨我也说不完哪。（他们走开）安妞塔是一个不平凡的、少有的女人……为了我，她改变了她的宗教，抛开了她的父母，放弃了财产，而且，倘若我要求她再多牺牲一百样，她也会连眼都不眨地马上去做。然而我呢，我没有一点不平凡之处，我没有牺牲过一样。不过，这是一个很长的故事啦……整个的要点，是，亲爱的大夫啊，（迟疑）是……总而言之吧，结果，都是因为，结婚的时候，我是热情地爱她的，我也发过誓，要永远爱她；可是……过了五年，她还爱我，而我……（一个绝望的手势）你刚刚告诉我，说她不久就要死，我既没有感到疼爱，也没有感到惋惜，却只感到一种空虚和疲倦……如果有人从外表上看我，我的神色一定是叫人害怕的。我自己也不明白我的灵魂是怎么啦。

（他们沿着园径走下）

## 四

沙别尔斯基上，接着，安娜·彼特罗夫娜上。

**沙别尔斯基** （笑着）说实在的，这个流氓可不平常，他是一个天才，一个专家！我们应当给他立起个铜像来。各种各样的现代坏招儿，全都混合在他一个人身上了：律师的，医生的，小商人的和会计员的。（坐在凉台最下一层台阶上）可是我相信他还是绝没有毕过什么业！这就是他这么叫人吃惊的地方啦……如果他再吸收过点儿文化和学问，那他准会成为多么有天才的一个大流氓呀！"你能一个星期的工夫弄到两万，"他说。"你手里还有一张王牌中的王牌哪，"他说，"你的头衔哪。"（笑）"哪一个有陪嫁的姑娘都会嫁给你……"

〔安娜·彼特罗夫娜打开窗子，往下望。

"你要我给你跟玛尔夫莎做媒吗？"他说。Qui est ce que c'est[1]玛尔夫莎？哈，就是那个像洗衣婆的巴拉巴尔金娜……巴巴卡尔金娜……

**安娜·彼特罗夫娜**　是你吗，伯爵？

**沙别尔斯基**　什么事？

〔安娜·彼特罗夫娜大笑。

（学着犹太人的口音）有什么可笑的？

**安娜·彼特罗夫娜**　我想起你说过的一句话来了。你还记得吗，你吃晚饭的时候说过："一个叫人饶了的贼，一匹马……"是怎么说的来着？

**沙别尔斯基**　一个受了洗礼的犹太人，一个叫人饶了的贼，一匹治好了病的马——价钱都一样。

**安娜·彼特罗夫娜**　（笑）你就连说一句最平常的笑话，都得不怀好意。你是一个不怀好心的人。（认真地）不开玩笑，伯爵，你是很不怀好心的。你总是骂人，发牢骚。你认为什么人都是流氓、无赖。老实跟我说说，你可说过谁一句好话？

**沙别尔斯基**　为什么要这样对证审问呀？

**安娜·彼特罗夫娜**　咱们在一所房子里住了五年啦，我从来也没有听见过你平平静静地、不带一点恶意和嘲

---

[1] 法语，是谁啊。

笑地谈别人。人家有什么对不起你的地方呀？你真的把自己想象得比谁都好吗？

沙别尔斯基　我一点也没有这种想法。我是一个恶棍，一只长着天灵盖的猪；我是 mauvais ton[1]，一个老无赖，和别人一样。我总是骂我自己。我是谁呀？我是个什么人呀？我阔过，自由过，相当幸福过，可是现在呢……我是一个食客，一个寄人篱下的人，一个丢了体面的小丑啦。我愤恨不平，我藐视一切，这样，别人就嘲笑起我来啦；等我再嘲笑他们，他们又向着我悲伤地摇摇头说，这个老东西神经错乱啦……而更多的时候，他们连听都不想听我的话，连理都不理我……

安娜·彼特罗夫娜　（轻轻地）它又吱吱地叫了。

沙别尔斯基　谁叫？

安娜·彼特罗夫娜　猫头鹰。它每天晚上叫。

沙别尔斯基　由它叫去。再坏也不过是现在这个样子罢了。（伸懒腰）啊，我亲爱的萨拉呀，我要是能赢上十万或者二十万卢布，我就会做出一两样事情来叫你看看！这儿你就再也见不着我啦。我就会躲开这个藏身的小窟窿啦，就会躲开这份布施的面包啦……直到我的末日我也不会再到这儿来啦……

---

1　法语，下流人。

**安娜·彼特罗夫娜**　你真要赢一大笔钱的话,那你都要干些什么呢?

**沙别尔斯基**　(思索了一会)我先要到莫斯科,去听听那些吉卜赛人卖的唱。然后……然后我就要动身到巴黎去。我就在那儿租一层房子,到俄国教堂去……

**安娜·彼特罗夫娜**　还干些什么呢?

**沙别尔斯基**　我就整天坐在我太太的坟头上想。我要在那儿一直坐到死。我太太是葬在巴黎的……

　　　[停顿。

**安娜·彼特罗夫娜**　那可烦闷得有多可怕呀!我们再来一段二重奏好吗?

**沙别尔斯基**　好哇,去把乐谱找好吧。

## 五

沙别尔斯基、伊凡诺夫和里沃夫上。

**伊凡诺夫**　(和里沃夫从园径上走过来)你是去年才得到学位的,我亲爱的朋友,你还正在年轻力壮的时候,而我是三十五岁的人了。所以我有权利向你进一点忠告。不要娶犹太女人,不要娶个有精神病的,也不要娶个女学究,而要选择一个平凡的、暗淡的、没有鲜明色彩或者过多的才华的。说实在的，要按照传统的方式建立你的整个生活。背景越暗淡，越单调，就越好，我亲爱的孩子。不要光凭自己一个人去和千万人对抗，不要向风车挑战，不要拿头往墙上撞……但愿上帝叫你避免各式各样的科学耕种法、惊人的学派、热衷的演讲吧……把自己关在你自己的壳里，尽上帝给你安排好的那一点点微小的职责……那要安乐得多，幸福得多，也正当得多。然而，我所经历过来的这种生活，它可是多么倦人啊！啊，多么倦人啊！……有多少错误，有多少不公平的和荒谬的遭遇呀……（看见沙别尔斯基，激怒地）你总是碍别人的事，舅舅，你从来不让人安安静静地谈谈话！

**沙别尔斯基** （哭声）咳，我真该死啊，哪儿也没有我藏身的地方啊！（跳起来，走进房子）

**伊凡诺夫** （向他后影喊）哎呀，我对不住！（向里沃夫）我为什么伤他的心呢？是啊，我一定是精神错乱啦。我应当给我自己想点办法，我真应当……

**里沃夫** （激动中）尼古拉·阿列克塞耶维奇，我仔细听了你所说的话，可是……可是原谅我，我要坦白地说说，一点也不拐弯抹角。先不说你的谈话，光是你的声音，你的声调，就充满了那么一种没有灵魂的自私，那么一种冰冷的无情……有一个跟你极亲近的人，因为爱你，现在快要死去了，她的日子有限了，可是你……你居然能够不爱她，居然能到处走来走去，给人忠告，还自以为……我不知道怎样形容你，因为我没有说话的天资，然而……然而你使我非常反感！

伊凡诺夫　也许是，也许是……你是个局外人，也许能够看得更清楚些……很可能你是了解我的……我敢说我是非常有罪的，非常……（倾听）我好像听见马车的声音了。我得去做准备了……（走到房子那里，站住）你不喜欢我，大夫，也不掩饰你的不喜欢。我真相信你有一副好心肠……（走进去）

里沃夫　（一个人）我这个可恨的弱点啊！我又错过了一个机会，没有把我应当说的话说出来……我一跟他谈话，就不能冷静！我一开口，刚说头一个字，这儿（指自己的胸口）就觉得那么窒息，那么难受，于是我的舌头就粘在喉咙上了。我恨这个达尔丢夫[1]，这个傲慢的流氓，我恨他……看他，现在要出去了……他那可怜的太太，唯一的幸福就是要他守在身边，她靠着他才能活着，她哀求他花一个晚上陪陪她，可是他……他不肯！我待在家里觉得闷气，觉得抑郁，对不起。他如果在家里哪怕只待一个晚

---

[1] 达尔丢夫，莫里哀喜剧里的人物，伪君子。

上，准会抑郁得把自己脑子都打碎的。可怜的家伙……他必须有自由，好去干一件新的卑鄙勾当……哈，我知道你每天晚上到那个列别捷夫家里去是为了什么！我知道。

## 六

伊凡诺夫，戴着帽子，穿着外衣，和安娜·彼特罗夫娜、沙别尔斯基同上。

**沙别尔斯基** （正和安娜·彼特罗夫娜、伊凡诺夫走出来）真的，尼古拉，这可绝对不人道啊！你每天晚上出去，把我们孤零零地留在家里。厌烦得我们一到八点钟就上床睡觉了。这可怕呀，这一点也不是生活！为什么你能去，我们就不能去呢？为什么？

**安娜·彼特罗夫娜** 让他去吧！让他出去吧，让他……

**伊凡诺夫** （向他的妻）你生着病怎么能出门呢？你病了，太阳一落山，你就不应当出去了……不信你问问大夫。你不是一个小孩子啦，安妞塔，你应当懂事……（向沙别尔斯基）可你要到那儿去干什么呢？

**沙别尔斯基** 我呀，我情愿下地狱，到鳄鱼嘴里去，就是不要叫我待在这儿，我闷死了！我闷得发昏！谁

都讨厌我。你把我丢在家里，本来是为了不叫她一
个人闷气，可我只有骂她，使她苦闷！

安娜·彼特罗夫娜　让他去吧，伯爵，让他去吧！他既然
出去快活，就让他出去吧。

伊凡诺夫　安妞塔，你为什么这样说呢？你知道我出去
不是为了找快活的！我必须去谈谈那笔债务。

安娜·彼特罗夫娜　我不知道你为什么要这样解释？去
吧！没有人留住你！

伊凡诺夫　喂，我们不要吵吧！那不需要吧？

沙别尔斯基　（哭声）尼古拉，亲爱的孩子，我请求你，
带我去吧！我要到那儿去看看那些恶棍和混蛋，那
也许能叫我开开心！复活节以后，我一直就哪儿也
没有去过！

伊凡诺夫　（烦躁地）咳，好啦，去吧！你们多么叫我厌
恶呀！

沙别尔斯基　去？哈，merci，merci……

　　（欢欢喜喜地挽住他的胳膊，把他领到一旁）我可以
戴你那顶草帽吗？

伊凡诺夫　可以，只是快着点！

　　〔伯爵跑进房子。

你们个个都多么叫我厌恶啊！可是，哎呀，我这说
的叫什么话呀？安妞塔，我对你说话的样子，是不
可饶恕的。我以前从来没有这样过。好啦，回头见

吧，安妞塔，我得在一点钟左右回来。

**安娜·彼特罗夫娜**　科里亚，亲爱的，留在家里吧！

**伊凡诺夫**　（情感激动地）我的可爱的，我可怜的不幸福的亲人，我求求你，不要阻止我晚上出门吧。我出去是残忍的，没道理的，但是，就让我没道理吧！我在家里郁闷得难堪啊！太阳一下山，我立刻就叫痛苦压倒了。多么大的痛苦啊！不要问我这是为什么。我自己也不知道。我发誓，我不知道！家里，是痛苦；我就到列别捷夫家去，到了那儿，更加痛苦；我就再回来，家里还是痛苦，就一直这样痛苦到天明……这简直是绝望啊！

**安娜·彼特罗夫娜**　科里亚……你留下来好不好？咱们就像从前那样谈谈……咱们就一块儿吃晚饭；咱们就读读书……那个好抱怨的老头子和我，为你学会了很多二重奏了……（抱住他）留下来吧！

〔停顿。

我不明白你。像这样的情形，已经整整有一年了。你为什么变了呀？

**伊凡诺夫**　我不知道，我不知道……

**安娜·彼特罗夫娜**　你又为什么不愿意让我晚上跟你出去呢？

**伊凡诺夫**　你如果想知道，我就告诉你。说出来恐怕是够残忍的，但是，最好还是说明白了吧……我每一感到烦闷,我……我就开始不爱你了。每逢这种时候,我甚至怕看见你。简单地说吧,我必须躲开这个家。

**安娜·彼特罗夫娜** 烦闷!我明白了,我明白了……你知道那是因为什么吗,科里亚?试着唱一唱,笑一笑,生生气,像你从前那样……留在家里吧,咱们来大笑啊,喝家里造的酒啊,那咱们立刻就能把你的烦闷赶走啦。我来给你唱好吗?要不然,咱们坐在你的书房里,像从前那个样子,坐在黑地里,由你把你的烦闷说给我听……你的眼里充满了多少痛苦啊!我要盯着它们看,我要哭,那咱们两个人就都会觉得舒服多了……(笑,同时又哭)不然,科里亚,可会是什么原因呢?是花朵每逢春天又开了,而愉快一去不再来了吗?是吗?那么,去吧,去吧……

**伊凡诺夫** 替我祈祷吧,[1]安妞塔!(慢慢往前走,又停下来沉思)不行,我不能。(下)

**安娜·彼特罗夫娜** 去吧……(坐在桌边)

**里沃夫** (在台上踱来踱去)安娜·彼特罗夫娜,你得定下一个规矩,一到钟打六下,立刻进去,一直在屋

---

1 这里契诃夫是引用哈姆莱特对奥菲利娅所说的话,意思是:我不爱你了。

子里待到天明。黄昏时候的寒凉，对你是不好的。

**安娜·彼特罗夫娜**　是，先生！

**里沃夫**　你这是什么意思？我是在严肃地说话啊。

**安娜·彼特罗夫娜**　可我不愿意严肃。（咳嗽）

**里沃夫**　是不是，你看，你已经咳嗽起来了。

## 七

里沃夫、安娜·彼特罗夫娜和沙别尔斯基上。

**沙别尔斯基**　（戴着帽子，穿着外衣走出来）尼古拉呢？马车在那儿了吗？（急忙走过来，吻安娜·彼特罗夫娜的手）晚安，我的美人！（做着鬼脸）Gewalt[1]！（学着犹太人的口音）原谅我吗？（急忙下）

**里沃夫**　这个小丑！

　　[停顿；远远地，手风琴声。

**安娜·彼特罗夫娜**　多么沉闷啊！马车夫们和厨子们都弄起一个跳舞会来了，而我……我似乎是被遗弃了。叶甫盖尼·康斯坦丁诺维奇，为什么这样跑来跑去呀？过来，坐下！

---

1　德语，无礼啦。

里沃夫　我坐不安宁。

　　［停顿。

安娜·彼特罗夫娜　他们正在厨房里奏着《绿雀歌》呢。（唱）"绿雀啊，绿雀啊，你到哪里去了啊？在小山底下喝伏特加去了吗？"

　　［停顿。

大夫，你有父母吗？

里沃夫　我的父亲死了，母亲还在。

安娜·彼特罗夫娜　你想念你的母亲吗？

里沃夫　我没有时间想念她。

安娜·彼特罗夫娜　（笑）花朵每逢春天又开了，愉快一去不再来。这是谁对我说过的？让我想想……我相信就是尼古拉他自己。（倾听）那只猫头鹰又在吱吱地叫了！

里沃夫　就由它叫去吧。

安娜·彼特罗夫娜　我在想，大夫，命运对我不公平啊。好多人也许并不比我好，却都幸福，而且他们的幸福是没有付过一点代价就得到的。我却付出了一切，绝对的一切！这是多么大的代价呀！为什么要我付出高得这么可怕的利息呢？……我的善良的朋友，你对我说话是极其谨慎的——你是这样的谨慎，生怕把实情告诉给我；可是你以为我不知道我得的是什么病吗？我知道得很清楚。不过讲这个是叫人心烦的。(带着犹太人口音)请原谅!你会讲笑话吗?

**里沃夫**　不会。

**安娜·彼特罗夫娜**　尼古拉会讲。所以我才对人们的不公正感到诧异啊。他们为什么不以爱还爱,却用虚伪来回答真实呢?告诉我,我的父母要恨我到几时呢?他们住的地方,离这里有六十里,可是无论日夜,甚至在我的梦中,我都感觉到他们的恨意。可是你叫我怎样去了解尼古拉的烦闷呢?他说只是在晚上、当他被烦闷压倒的时候不爱我。那我了解,也能体谅。然而,就请想象一下,如果他有一天竟完全厌倦了我,那会怎么样啊!自然,那不可能,但是——如果他真是那样呢?不,不,这我连想都不应当去想。(唱)"绿雀啊,绿雀啊,你到哪儿去了啊?……"(一惊)我的脑子里起的是多么可怕的念头啊!你还没有结婚,大夫,所以有许多事情你是不能理解的……

**里沃夫**　你说你对别人感到诧异……(坐在她旁边)不,我……我诧异的倒是——我诧异的倒是你!来,解释解释,叫我明白明白,像你这么一个聪明、正派、几乎是一个圣徒的人,居然随便任人无耻地欺骗,被人拉进这个猫头鹰的窝里来,这是怎么回事呀?你为什么待在这儿?你和这个冷酷的、没有灵魂的……又有什么共同之处呢?不过我们抛开你的丈夫不谈吧！你和这些庸俗的、空虚的环境，又有什么共同之处呢？啊，奇怪呀！……那个永不住嘴地抱怨的、执拗的、疯疯癫癫的伯爵，那个面貌可憎的恶棍米沙——世上顶大的一个流氓……你待在这里，为的是什么呢？对我解释解释。你是怎么到这儿来的呢？

**安娜·彼特罗夫娜** （笑）这恰恰是他有一阵时常说的话呀。一个字都不差……不过他的眼睛大一些，一激动地谈起什么事情来，眼光就像煤火那样发出光芒……说下去吧，说下去！

**里沃夫** （站起来，用手一挥）要我说什么呢？进去！

**安娜·彼特罗夫娜** 你说尼古拉是这个、是那个，这样、那样。你怎么了解他呀？你以为你半年就能够了解一个人吗？他是一个出色的人，大夫，我可惜的是，你没有在两三年以前就认识他。现在他是烦闷的、忧郁的，他不讲话，什么事也不干；可是在往日啊……他是多么迷人呀！我头一眼就爱上了他。（笑）我用眼一看，捕鼠机就砰的一声扣上了！他说"来吧"……我就割断了一切，你知道，就像一个人用剪子剪掉枯树叶子似的；我就跟着他来了。现在，可就不同了。现在，他到列别捷夫家里去跟别的女人们散心，而我……却坐在这个花园里，听着猫头鹰叫……

[更夫的打更声。

你有弟兄吗,大夫?

**里沃夫** 没有。

[安娜·彼特罗夫娜突然啜泣起来。

咳,这是怎么啦?怎么回事啊?

**安娜·彼特罗夫娜** (站起来)我忍不住了,大夫……我要到……

**里沃夫** 到哪儿?

**安娜·彼特罗夫娜** 他去的那儿……我要去。你去叫人把马给套上。(跑进屋子)

**里沃夫** 不行,我应当绝对拒绝在这种情形下医疗一个病人!他们分文不给我还不够,同时还要把我的灵魂都给搅乱了!……不行,我拒绝!这我受不了……(走进屋子)

——幕落

# 第 二 幕

列别捷夫家的一间会客室；一道门，面对观众，通花园；左右各有门。华丽的旧式家具。七星吊灯，七星灯台，画——都用粗布罩着。

## 一

齐娜伊达·萨维什娜，科西赫，阿夫多季雅·纳扎罗夫娜，叶戈鲁什卡，加夫里拉，一个女仆，作客的老太太们，青年们和巴巴金娜。

齐娜伊达·萨维什娜坐在沙发上。老太太们坐在她两旁的圈椅上，青年客人们坐在普通椅子上。背景处，靠近通往花园的路口，大家正在那里打纸牌；其中有科西赫，阿夫多季雅·纳扎罗夫娜和叶戈鲁什卡。加夫里拉站在右门旁；一个女仆托着一盘糖果,在四下里转。整幕都有客人穿过舞台,从花园到右门,来来回回地走过。巴巴金娜由右门上,向齐娜伊达·萨维什娜走去。

**齐娜伊达** (愉快地)我亲爱的玛尔法·叶戈罗夫娜!

**巴巴金娜** 你好吗,萨维什娜?我真荣幸,能够来祝贺你的生日。(接吻)上帝赐给……

**齐娜伊达** 谢谢你,亲爱的,我真高兴……怎么样,你好吗?

**巴巴金娜** 实在好,多谢你。(靠着她坐在沙发上)你们都好呀,年轻的人们!

　　[客人们站起来,鞠躬。

**第一客人** (笑)年轻的人们!……那你就老了吗,这么说?

**巴巴金娜** (叹一口气)咳,我准知道我不能再说自己年轻啦……

**第一客人** (恭恭敬敬地笑着)绝不说假话,你还要怎么样呢?看上去你不像是孀居的;随便哪个小姑娘,都得差你几分。

　　[加夫里拉把茶递给巴巴金娜。

**齐娜伊达** (向加夫里拉)你怎么这样敬茶呀?拿点果子酱来。酸莓子的或者什么的。

**巴巴金娜** 请不要费事啦。多谢多谢了……

［停顿。

**第一客人**　你的马车是打木什基诺走的吗,玛尔法·叶戈罗夫娜?

**巴巴金娜**　不是,是打扎伊米舍走的。这条路比那条好走些。

**第一客人**　当然喽。

**科西赫**　黑桃二。

**叶戈鲁什卡**　帕斯。

**阿夫多季雅**　帕斯。

**第二客人**　帕斯。

**巴巴金娜**　奖券已经涨得吓人啦,齐娜伊达·萨维什娜,亲爱的。这都没听见说过:第一期抽签的,值到二百七十了,第二期的也将近二百五十了。以前从来没有涨到这么高过……

**齐娜伊达**　(叹息着)这对于手里买得多的人,倒是桩好事情。

**巴巴金娜**　可不要那么说,亲爱的。价钱虽然这么高,可是把钱放在那上头也并不合算。光是保险费就能把你逼疯了。

**齐娜伊达**　也许是这样;不过究竟啊,我的亲爱的,买了总是有希望的……(叹气)上帝是可怜人的。

**第三客人**　依我看,mesdames[1],我认为如今的年月,有

---

1　法语,女士们。

资本是不合算的。投资吧，只能分到很小的红利，把钱放在商业里呢，又极端冒险。依我看，mesdames，现下手里有资本的人，他所担的风险，要大过一个……

**巴巴金娜** （叹息着）这是实话！

〔第一客人打呵欠。

在太太们面前，难道可以打呵欠吗？

**第一客人** 对不住，mesdames，我这是不当心。

〔齐娜伊达·萨维什娜站起来，由右门下。

〔长时间停顿。

**叶戈鲁什卡** 方块二。

**阿夫多季雅** 帕斯。

**第二客人** 帕斯。

**科西赫** 帕斯。

**巴巴金娜** （向旁边自语）哎呀，这够多么闷人哪！

## 二

齐娜伊达·萨维什娜和列别捷夫上。

**齐娜伊达** （由右门走出，轻轻地）你一个人死待在那儿干什么！好像是个演女主角的似的！来陪着客人们

坐坐。(坐在自己原来的地方)

**列别捷夫** (打呵欠)哎呀,哎呀!(看见了巴巴金娜)哎哟怎么,是杨梅加奶酪来啦!是酒馆儿的糖来啦啊!(握手)你的玉体好吗?

**巴巴金娜** 很好,多谢多谢啦。

**列别捷夫** 那可得谢天谢地啦!(坐下)对啦,对啦……加夫里拉!

[加夫里拉递给他一玻璃杯伏特加和一大杯白水;他把伏特加喝干,然后吮白水。

**第一客人** 祝你非常健康!

**列别捷夫** 还非常健康呢!……我只要不整个儿回老家,就应当感谢啦。(向他的妻)久久什卡,女寿星老呢?

**科西赫** (抱怨地)我倒想知道知道,咱们老不赢,这到底是怎么回事。(跳起来)咱们为什么每回都输哇?真把我给整个剥光啦!

**阿夫多季雅** (跳起来,怒冲冲地)为什么,就因为,你如果不会打牌,我的好男子汉,你顶好就不必多这把手儿。你有什么权利出人家正等着要的牌呢?所以你手里有爱斯还照样倒霉!

(两个人都从牌桌那里向台口这边跑)

**科西赫** (哭声)你们听听……你们知道,我手里有方块爱斯、K 和 Q,另外还有八张方块、一张黑桃爱斯和一个小点儿的红桃。天晓得为什么,她就不肯喊满贯,我只好叫了个无将啦……

**阿夫多季雅**　是我叫的无将!……你接着又叫了个无将二……

**科西赫**　你这话叫人讨厌!……对不起……你手里有……我手里有……你手里有……(向列别捷夫)你就想想看,巴维尔·基里利奇……我手里有方块爱斯、K和Q,另外还有八张方块……

**列别捷夫**　(用两只手指堵住两耳)如果你不介意的话,请让我清静清静吧……

**阿夫多季雅**　(喊叫)是我叫的无将!

**科西赫**　(粗暴地)下次我要是再坐下来跟这个好发脾气的凶老婆子一块儿打牌,就叫我下地狱,丢体面!

(急急走进花园。第二客人跟着他走去。叶戈鲁什卡一个人留在牌桌旁边)

**阿夫多季雅**　哼!我浑身都冒了火啦……一个好发脾气的……你自己才是个好发脾气的呢!

**巴巴金娜**　你也是一个急性子哪,老奶奶……

**阿夫多季雅**　(看见巴巴金娜,扬起两只手)我的快乐,我的美人!原来她在这儿啦,可我瞎得都没有看见!……我的亲爱的……(吻她的肩,坐在她身旁)多么高兴啊!让我看看你,我的白天鹅!……你可把我迷昏啦。

**列别捷夫** 你的话说得都不是地方……你给她找个丈夫，要强得多……

**阿夫多季雅** 我一定要给她找到一个！我要不把她，还有萨沙嫁出去，我这份罪孽的老骨头，就怎么也不放进棺材去！……我怎么也不！……（叹息）只是啊，这些丈夫，可往哪儿找去呢？你看看我们这些个年轻的，坐在那儿，翎毛都竖起来啦，就像雨地里的小公鸡似的！

**第三客人** 这是一种不适当的比喻。依我的看法，mesdames，如果现今的男青年都宁愿过独身生活的话，那就应该从，姑且这么说吧，从社会情况上去找它的理由……

**列别捷夫** 得啦，得啦，不要高谈哲学啦！……我不喜欢这个……

## 三

人物同上，萨沙上。

**萨沙**（走到她父亲面前）天气这么晴朗，可是你们都在这儿坐在这个闷不通风的屋子里。

**齐娜伊达** 萨申卡，你没有看见玛尔法·叶戈罗夫娜在这儿吗？

萨沙　对不住。（走到巴巴金娜面前，握手）

巴巴金娜　你可骄傲起来啦，萨沙。你一次也不去看看我。（吻她）我祝贺你，亲爱的……

萨沙　谢谢你。（坐在她父亲身旁）

列别捷夫　是呀，阿夫多季雅·纳扎罗夫娜，现下的青年们，可真难办哪。连一个像样儿的伴郎都还找不出来呢，就更不提丈夫了。现下这些年轻的——我可没有开罪在座诸位的意思啊，——都够多么软弱、多么萎靡呀，叫人一点办法都没有哇！上帝救救他们吧！……他们不会谈话，他们不会跳舞，他们不会喝酒……

阿夫多季雅　哼，要是有机会，他们可会喝呢。

列别捷夫　光会喝算不了什么了不起的事——就连一匹马也会喝喝呢……要紧的是得喝得有派头儿。我们当年，白天总是整天跟功课拼命，可只要黄昏一到，我们就出去到处去跑啦，像个陀螺似的到处转，一直转到天亮……我们跳舞，哄年轻姑娘们喜欢，还要好好地喝它一顿酒。我们或者闲扯，或者大谈哲学，总要谈得舌头没了劲儿……可是现下这些年轻的呀……（摇摇手）我可看不出他们是怎么一种人来……既不给上帝供圣蜡，又不对魔鬼许愿。咱这一带，只有一个聪明懂事的小伙子，可惜他已经结婚啦，(叹气)可是我想他脑筋也开始耗尽啦……

**巴巴金娜** 这个人是谁呀？

**列别捷夫** 尼古拉沙·伊凡诺夫。

**巴巴金娜** 是呀，他这个人是可爱啊。(做了一个鬼脸)可就是不幸福！……

**齐娜伊达** 他可怎么能幸福得了呢，我的亲爱的？(叹气)他走错了多大的一步啊，这个可怜的人！他娶他那个犹太女人，原本指望着，可怜的人哪！指望着她的父母会给她陪过堆成山的金子来的；可是结果完全不是那么一回事……自从她一改信了教，她的父母就把她抛弃了——他们把她赶了出来……所以他分文也没有得到。现在他后悔了，可是太晚了……

**萨沙** 母亲，这不是实情。

**巴巴金娜** (性急地)萨沙！不是实情？可这是谁都知道的。要不是为了钱，他干吗偏偏要娶一个犹太女人？俄国姑娘多得很，不是吗？他做了件错事啊，亲爱的，他做了件错事……(急切地)还有，我说，看她现在叫他埋怨得多厉害呀！这简直太滑稽啦。他只要一回家，马上就责备上她啦："你的父母把我骗了！滚出我的房子去！"可叫她到哪儿去呀？她的父母不会收容她；她本来可以去当女仆哇，可惜她从来就没有受过这样的教养，什么事也不会做……他往下对她就越来越坏，直弄到由伯爵来照看她。要不是伯爵，他老早就把她给折磨死了……

**阿夫多季雅** 有时候他还把她关在地窖里，叫她吃大蒜呢……她就吃呀，吃呀，一直给吃病了。（笑）

**萨沙** 父亲，这是谣传，你知道！

**列别捷夫** 这又有什么关系呢？她们高兴讲就随她们乱讲得啦……（喊）加夫里拉！

［加夫里拉递给他伏特加和白水。

**齐娜伊达** 要不怎么他就败了家了呢，这个可怜的人哪！他的光景很坏，我的亲爱的……要不是鲍尔金照管着他那片产业，他和他的犹太女人早就没得吃了。（叹气）咱们为他可糟蹋过多少哇，我的亲爱的……只有上帝知道咱们糟蹋了多少！你相信吗，亲爱的，这三年以来，他已经欠下我们九千卢布了！

**巴巴金娜** （吃惊）九千！

**齐娜伊达** 是呀……都是我这个可爱的巴申卡拿了主意借给他的呀。他从来不懂得谁可以借给他钱，谁不能借。我先不提本钱啦——为那个烦恼也没有用，——可是他至少也得按期付利息呀。

**萨沙** （性急地）母亲，这话你已经说过几千遍了！

**齐娜伊达** 这和你有什么关系？你为什么袒护他？

**萨沙** （站起来）你怎么有脸这样谈一个没有哪样对不起你的人呢？请问，他哪样事对不起你过？

**第三客人** 亚历山德拉·巴甫洛夫娜,请允许我说两句话吧。我尊敬尼古拉·阿列克塞耶维奇,也永远认为尊敬他是一种荣幸……但是,要 entre nous[1] 呢,我认为,他是一个投机取巧的人。

**萨沙** 好哇,我为你的意见向你道贺。

**第三客人** 为了证实我的看法,我请求允许我提出以下的事实,这是他的随员或者所谓向导鲍尔金向我报告的。两年以前,在闹牛瘟的时候,他买了牛,给它们保了险……

**齐娜伊达** 是的,是的,是的!我记得那回事情。我也听人家说过。

**第三客人** 给它们保了险——注意底下啊,——然后让牲口传上牛瘟,弄到了那笔保险费。

**萨沙** 咳,这全是胡说八道!没有人买了牛,也没有人给它们传上病!那全是鲍尔金想出来的主意,并且到处去吹嘘的。后来伊凡诺夫知道了,鲍尔金求饶求了半个月,他才饶了他。伊凡诺夫可指责的地方,只是他的软弱,没有决心把那个鲍尔金踢出去,再有可指责的地方,就是他过分相信别人!他的财产全给人家分掉、抢光了;个个都利用他那种慷慨大方的空计划,来捞他的钱。

---

[1] 法语,咱们关上门说。

**列别捷夫**　萨沙,你这个性如烈火的小孩子,住嘴吧!

**萨沙**　那他们为什么说这种胡话呢?多么无聊——多么讨厌!伊凡诺夫,伊凡诺夫,伊凡诺夫——你们就不谈别的。(走到门口,转回来)我真惊讶!(向青年客人们)你们的耐性,确确实实叫我惊讶,先生们!你们像这样安安静静地坐着不累吗?把空气都给弄得沉闷了!千万说点话吧;叫年轻的小姐们也感到点兴趣吧;稍微活动活动吧!喂,如果你们除了伊凡诺夫就没有别的题目可谈,那就笑笑呀,唱唱呀,跳跳舞或是什么的呀……

**列别捷夫**　(笑着)骂他们,好好地骂骂他们!

**萨沙**　喂,我说,给我做点什么吧!如果你们不喜欢跳舞,不喜欢笑,不喜欢唱,如果那全叫你们厌烦,我就请你们,求你们,只求你们一辈子里来一次——就算是为了好奇吧,——说一点叫我们惊奇或者叫我们开心的话;大大地费一点苦心,个个儿都想点诙谐的和有才气的话吧;说一说,即使是粗俗的或者是下流的话,只要有趣,新鲜!或者,大家都做一点小事情,无论多么小都行,只要叫人觉得恰恰是值得做的,只要能叫年轻的小姐们,看着你们,会一辈子只有一次地喊出一声"哎呀"来!你们确实希望招人喜欢吧,不吗?那么,你们为什么不想办法来招人喜欢呢?啊!我的朋友们,你们都是废物——你们都是废物，无论哪一个……就连苍蝇看见你们都会闷死，连油灯都要开始冒烟……你们都是废物，无论哪一个……这话我早就向你们说过一千遍了，我将来还要不断地说。

## 四

人物同上，伊凡诺夫和沙别尔斯基由右门上。

**沙别尔斯基**　是谁在这儿讲道啦？是你呀，萨沙？（笑，和她握手）长命百岁，我的天使。愿上帝准你尽量活下去，可是死了就再不要投生啦……

**齐娜伊达**　（欣喜地）尼古拉·阿列克塞耶维奇！伯爵！

**列别捷夫**　嘿！我说这是谁呀？……是伯爵呀！（走去迎他）

**沙别尔斯基**　（看见齐娜伊达·萨维什娜和巴巴金娜，向她们张开两只胳膊）两个富翁坐在一张沙发上！……真叫奇观啊！（握手。向齐娜伊达·萨维什娜）你好呀，久久什卡！（向巴巴金娜）你好呀，肉团子！

**齐娜伊达**　你来了我很高兴。你真是一个稀客呀，伯爵！（喊）加夫里拉，茶！请坐下。（站起，由右门下，

即刻又回来；显出很担忧的样子）

〔萨沙坐回原地。伊凡诺夫沉默着向每个人行礼。

**列别捷夫** （向沙别尔斯基）你是打哪儿掉下来的？是什么东西把你给送来的？这是万万没有想到的事！（吻他）伯爵，你是一个流氓啊！这算是一个有身份的人的行为吗？（拉着他的手，走向脚光）你为什么从来不来看看我们？你是生了气啦，还是怎么着？

**沙别尔斯基** 我可怎么来看你呢？骑根手杖来？我没有马，尼古拉又不带着我；他叫我和萨拉留在家里，给她做伴。派你的马去接我呀，那我就来啦……

**列别捷夫** （摇摇手）那可好！马还没等我使唤，久久什卡早就先蹦起来了。我亲爱的朋友，我的亲爱的，你知道谁也没有你在我心上亲近哪！老辈当中，除了你我，可就再没有剩下一个人啦！你叫我想起我当年的悲愁，想起我那样白白地放过了的美丽青春……不开玩笑，我心里想哭啊！（吻伯爵）

**沙别尔斯基** 过去的事就算啦，过去的事就算啦！你身上这味道像从酒窖里跑出来似的……

**列别捷夫** 我亲爱的朋友，你想象不到我有多么想念我的老朋友们哪！我真恨不得上吊啊，我可太苦啦。（轻声地）因为久久什卡那种一钱如命，她把什么体面人都给赶跑，就剩下些野人啦，这儿你不是都看见了吗……都是些什么杜特金呀布特金呀的。喂,喝茶呀!

[加夫里拉送茶给沙别尔斯基。

**齐娜伊达** (焦急地向加夫里拉)你这是怎么啦?拿点果子酱来……酸莓子的,或是什么的……

**沙别尔斯基** (大笑。向伊凡诺夫)怎么样,我跟你说得对不对?(向列别捷夫)我在路上跟他打赌,说我们一到了这儿,久久什卡准是拿酸莓子酱招待我们……

**齐娜伊达** 你还是那么欢喜嘲笑别人呀,伯爵。(坐下)

**列别捷夫** 她做了两大桶酸莓子酱,你说她可怎么打发它呢?

**沙别尔斯基** (坐在桌子旁边)你还在积攒金钱呀,久久什卡,不是吗?我想你到现在已经是一个百万富翁了吧,嗯?

**齐娜伊达** (叹了一口气)是呀,外人看起来,仿佛我们比谁都阔,可是我们的钱能打哪儿来呢?那都是胡扯……

**沙别尔斯基** 得啦,得啦!那我们全知道!……我们知道你在弄钱上不是一把精明手儿……(向列别捷夫)巴沙,说老实话,你们存了一百万没有?

**列别捷夫** 我不知道。问久久什卡吧……

**沙别尔斯基** (向巴巴金娜)还有我们的肉团子呢,不久也会存到一百万啦。她越来越丰满、越漂亮啦——

不是论天儿的,是论钟点儿的!这就是钱多的好处啦……

**巴巴金娜** 我非常感谢,伯爵大人,但是我不喜欢被人揶揄、挖苦。

**沙别尔斯基** 我亲爱的富翁啊,你认为这是挖苦吗?这只是从心里发出来的一个呼声啊。因为满腔是热情,嘴才动的……我对你和久久什卡的情感,是没有限度的。(开心地)真叫人神往啊,真叫人神魂颠倒呀!我无论看着你们哪一个,都不能不动心啊!

**齐娜伊达** 你还是和从前一模一样。(向叶戈鲁什卡)叶戈鲁什卡,把蜡烛吹灭了!我们既然不打牌,为什么要白点着呢?

[叶戈鲁什卡一惊;吹灭了蜡烛,坐下。

尼古拉·阿列克塞耶维奇,你的太太怎么样啊?

**伊凡诺夫** 她病得很重。医生今天告诉我们,说确实是肺痨。

**齐娜伊达** 真的?多可惜!(叹息一声)我们都非常喜欢她。

**沙别尔斯基** 胡说,胡说,胡说!……完全没有肺痨:那全是骗钱的方子——庸医的把戏。那位有学问的先生,愿意在这家多待待,所以他才证明那是肺痨。他万幸的是,做丈夫的并不嫉妒。(伊凡诺夫做了一个不耐烦的手势)至于萨拉本人呢,她所说的每一个字，所做的每一件事，我都不信任。我一辈子不信任医生、律师，或者女人。都是胡说，胡说，都是骗人的方子和手腕！

**列别捷夫** （向沙别尔斯基）你这个人特别，玛特维！……你装成一个愤世嫉俗的样子，就跟一个小丑穿戴着那身花衣裳花帽子似的，到处玩弄。你是一个跟谁都没有两样的人，可是你每谈起话来，那股乖张劲儿，就好像你的舌头上起了一个水泡，或者消化不良似的……

**沙别尔斯基** 这么说，你是要我去吻那些无赖、流氓，还是怎么着？

**列别捷夫** 你在哪儿看见有那么些无赖和流氓啊？

**沙别尔斯基** 自然，我指的不是在座的，不过……

**列别捷夫** 看你不过不过的又来了不是……这全是装模作样。

**沙别尔斯基** 装模作样？……像你这样没有一点人生哲学，倒不错。

**列别捷夫** 我能有什么人生哲学呢？我坐在这儿，随便哪会儿都会死。这就是我的人生哲学。你和我呀，老伙计，要谈人生哲学可太晚啦。太晚了，说实在的呀！（喊）加夫里拉！

**沙别尔斯基** 你这么喊加夫里拉，可喊得太多了……你的鼻子已经像个红菜头了。

**列别捷夫** （喝酒）没关系,我的老朋友……这又不是我结婚的日子。

**齐娜伊达** 里沃夫大夫好久没有来看我们了。他把我们整个给丢在脑袋后头啦。

**萨沙** 这个讨厌鬼,这个正人君子的活神像啊。他连要一杯水喝,或者抽一口香烟,都必须把他那个与众不同的正经展览一下。如果他随便走两步路,或者谈几句话,他的脸上也永远得贴着一个标签:"我是一个正经人。"他叫我厌恶。

**沙别尔斯基** 他是个刚愎自用、心地狭小的人。他每迈一步,都要像个鹦鹉似地喊:(模仿着)"给正经人让开路啊!"他以为自己确是杜勃罗留波夫[1]第二呢。如果有谁不像他那样喊,就是个流氓。他的见解深刻得惊人。有哪个农民要是过得还舒服,活得还像个人样,他就是一个流氓和盘剥别人的人。我要是穿一件丝绒上衣,并且由一个仆人给我穿,那么,我就是一个流氓和一个奴隶主。他的正义简直多得要把他胀爆啦。在他的眼里,没有一样事情是足够好的。我确实怕他……怕他,实在怕!他随时都会出于责任感,给你脸上来一巴掌,或者说你是个流氓。

**伊凡诺夫** 他叫我非常厌恶,但是,我同时又喜欢他;

---

[1] 杜勃罗留波夫（1836—1861）,俄国十九世纪批评家。

他是那么诚恳。

沙别尔斯基　好漂亮的诚恳啊！他昨天晚上走到我的面前，无缘无故地，开口就是："你叫我大大地反感，伯爵！"我非常感谢啊！而且他还不是随随便便说的，是从原则上来的：他的声音发颤，他的眼睛闪光，他浑身发抖……叫他那无聊的正派下地狱去吧！他可以觉得我可恨、讨人厌；那是很自然的事……那我能了解，可是，为什么要直对着我的脸说出来呢？我这个人确实要不得，可无论如何我的头发已经灰白啦……这种愚蠢的、无情的正经！没慈悲心。

列别捷夫　得啦，得啦，得啦！……你自己也年轻过，所以也就能体谅啦。

沙别尔斯基　不错，我年轻过，也糊涂过：我年轻的时候，演过恰茨基[1]。我告发过无赖和恶棍，但是我一辈子也没有直对着别人的脸，说他是个贼，或者在一个被处绞刑的人的屋子里大谈绞刑架。我是规规矩矩教养大了的。可是你那位脑筋迟钝的大夫呢，如果命运赐给他一个机会，叫他为了原则和人间的伟大理想，当着大家打我一巴掌，或者狠狠地向我心窝上打一拳的话，他一定好像上了七重天，一定会自以为在完成什么了不起的使命呢。

---

[1]　格里鲍耶陀夫（1795—1829）剧本《聪明误》里的人物。

**列别捷夫** 年轻人总是喜欢逞能的。我有一个叔叔,是一个黑格尔派……他总是请来满满一屋子客人,和他们喝酒,像这样往椅子上一站,就开口啦:"你们都愚昧无知!你们都是黑暗势力!现在是一个新生活的黎明了,"等等,等等,等等……他总是向他们紧说,说个没完。

**萨沙** 那些客人可怎么样呢?

**列别捷夫** 咳,不怎么样啊……他们就听着,照旧喝酒。可别说,有一次,我可向他提出决斗来啦……嘿,跟我的亲叔叔哇,那是因为讨论培根引起的。我记得,要是我记得对的话,我就坐在玛特维现在坐的这个地方,我的叔叔和盖拉辛·尼里奇仿佛就站在那儿,就是尼古拉那个地方……那么,盖拉辛·尼里奇,对不起,他就提出那个问题来啦,说……

## 五

人物同上,鲍尔金,打扮得漂漂亮亮,手里提着一个纸包,低唱着,蹦跳着,由右门上。一片称赞的嗡嗡声。

**年轻的姑娘们** 米哈伊尔·米哈伊洛维奇!

**列别捷夫**　米歇尔·米歇里奇！我的耳朵告诉我说……

**沙别尔斯基**　社交界的灵魂啊！

**鲍尔金**　我来啦！（跑向萨沙）高贵的小姐！我冒昧到胆敢在你这样一朵稀奇的花朵的生日，来给宇宙万物道喜……为了表示我的赤诚，可以让我斗胆向你呈上（把纸包给她）一些我亲自发明制造的花炮和焰火作为献礼吗？但愿它们把今夜照得通明，就像你照亮了黑暗之王国的黑暗一样。（演戏似地鞠躬）

**萨沙**　谢谢你……

**列别捷夫**　（笑着，向伊凡诺夫）你怎么不把这个犹大摆脱开呢？

**鲍尔金**　（向列别捷夫）向巴维尔·基里利奇致敬！（向伊凡诺夫）向我的主人致敬！（唱）Nicolas, voilà[1]，嘿嘿哟。（向全体在座的人转了一圈）最尊贵的齐娜伊达·萨维什娜！神圣的玛尔法·叶戈罗夫娜……最前辈的阿夫多季雅·纳扎罗夫娜……最显赫的伯爵……

**沙别尔斯基**　（笑）真是社交界的灵魂……只要他一到，空气就轻快些啦。你们感觉到吗？

**鲍尔金**　吓，累死我了……我相信我刚才把每个人都问候到了吧。好啦，有什么好听的新闻吗，太太先生

---

1　法语，尼古拉，见礼啦。

们？没有什么特别的新闻可以给我们解瞌睡的吗？（突然向齐娜伊达·萨维什娜）我说，妈妈……我刚才上这儿来，走在半路上……（向加夫里拉）给我点茶，加夫里拉，可不要酸莓子酱！（向齐娜伊达·萨维什娜）我上这儿来，走到半路上，看见农民们正在河岸上剥你那些垂杨柳的树皮呢。你为什么不把它们卖给商人哪？

列别捷夫　（向伊凡诺夫）你为什么不把这个犹大摆脱开呀？

齐娜伊达　（惊愕）这话不假，我就从来没有想到过！

鲍尔金　（用两只胳膊做体操）我不做做体操就过不下去……有什么特别又特别的事情叫我做的吗，妈妈？玛尔法·叶戈罗夫娜，我确是精神饱满得很哪……兴奋得要疯啦！（唱）"我又看到你了，我的爱……"

齐娜伊达　来点什么玩意儿吧，我们都闷了。

鲍尔金　真是的！你们为什么都这样闷闷不乐呀？你们坐在那儿，都像陪审官似的！……让咱们弄点玩意儿。你们喜欢什么？团体游戏？藏戒指？摸瞎子？跳舞？放花炮？

年轻的姑娘们　（拍手）花炮！花炮！（跑进花园）

萨沙　（向伊凡诺夫）今天晚上你为什么这样不高兴？

伊凡诺夫　我头疼，萨沙，我心里也烦闷……

萨沙　咱们到客厅去。（他们向右门走去；大家都到花园

54

里去了，只留下齐娜伊达·萨维什娜和列别捷夫)

**齐娜伊达** 这才算有点儿年轻人的样子呢——他来了没有多一会儿，就叫大家都打起精神来了。(把大灯的灯火捻低)他们都到花园里去了，这工夫就不必白白糟蹋蜡烛啦。(把蜡烛都吹灭)

**列别捷夫** (跟在她身后)久久什卡，我们应当给客人们弄点东西吃吃啊……

**齐娜伊达** 瞧瞧，这是多少蜡烛呀……无怪别人都认为咱们有钱呢。(吹灭蜡烛)

**列别捷夫** (跟在她身后)久久什卡，你应当给他们一点东西吃……他们都是年轻人，这些可怜的东西啊，我敢说他们都饿啦……久久什卡……

**齐娜伊达** 伯爵这杯茶都没有喝完。简直糟蹋糖！(向左门走下)

**列别捷夫** 嘿！(走进花园)

# 六

伊凡诺夫和萨沙由右门上。

**萨沙** 他们都到花园里去了。

**伊凡诺夫** 情形就是这个样子，萨沙。在从前，我做很多的工作，想很多的事情，也从来不累；现在我什么也不做，什么也不想，可是我的身体和灵魂都是疲倦的。我的良心从黑夜痛到白天，我觉得自己非常有罪，然而确实在哪方面犯了罪呢，我又不知道。此外，又是我太太的病，又是没有钱，又是无穷无尽的吵骂和教训，又是不必要的谈话，又是那个鲍尔金……我已经觉得我那个家是可憎恨的了，生活在家里比忍受苦刑还要难过。我坦白告诉你吧，萨沙，就连跟我那个爱我的太太在一起，我都已经忍受不了了。你是我的老朋友，不会因为我说老实话就怪罪我。我找你来本是为了散散心的，可是，到了这里，我心里依然烦闷，我现在又渴望着回去了。原谅我吧，我这就得溜走了。

**萨沙** 尼古拉·阿列克塞耶维奇，我了解你。你的不幸是因为你孤单。你应当有一个被你所爱而又了解你的人待在你身边。只有爱才能使你振作起来。

**伊凡诺夫** 那又会怎么样啊，萨沙！像我这样一个不幸的、卑鄙的老头子，再去恋爱，就等于落水的人想抓住一根草啊！但愿上帝保佑我，不要叫我陷进这样的灾难吧！不，我的聪明的小朋友，我需要的不是恋爱。我极其郑重地告诉你，我能够忍受一切——痛苦、神经衰弱、破产、太太的死亡、未老先衰、寂寞——但是，我对自己的蔑视，却使我受不了。我一想到，我这样一个强壮健康的人，不知道为什么，竟会变成了一个哈姆莱特或者一个曼夫瑞德[1]或者一个稻草人，就羞愧得要死。世上有一些可怜虫，他们被人称为哈姆莱特或者是稻草人，还很扬扬得意，然而，这对于我却是一种侮辱！这伤害我的自尊，这叫我受羞耻的折磨，叫我痛苦……

**萨沙** （含着眼泪，戏谑地）尼古拉·阿列克塞耶维奇，咱们逃到美洲去吧。

**伊凡诺夫** 我连走到这道门那儿去都懒得动，你却说什么到美洲去了……（他们走到通花园的门口）自然，萨沙，你在这里是不舒服的。我看着你周围的这些人，一想到他们中间又有哪一个配叫你嫁的，我就打起寒战来。唯一的希望，也只有等一个偶然经过这里的军官或是学生，把你带走了……

## 七

齐娜伊达·萨维什娜拿着一缸子果子酱，由左门上。

---

[1] 曼夫瑞德是拜伦诗剧里的一个人物。

**伊凡诺夫**　原谅我，萨沙，我随后就去……

　　［萨沙走进花园。

齐娜伊达·萨维什娜，我是来请你赏个脸的。

**齐娜伊达**　什么事呀，尼古拉·阿列克塞耶维奇？

**伊凡诺夫**　（迟疑）这个，你明白，事情是这样的，借你那笔钱的利息，后天就到期了。如果你能答应我稍迟一些时候，或者把这笔利息加到本钱上去，那可真叫我感激极了。我目前一个钱也没有……

**齐娜伊达**　（大吃一惊）尼古拉·阿列克塞耶维奇，那怎么行呢？这可不是办正事的道理！不行，这种事情可不要想。发发慈悲，不要使我苦恼吧，我的困难已经够多了……

**伊凡诺夫**　我对不住，我对不住……（走进花园）

**齐娜伊达**　哎呀，他把我的心都翻腾乱啦！我浑身都哆嗦起来啦……浑身都哆嗦起来啦……（由右门下）

# 八

科西赫由左门上。

**科西赫**　（横穿过舞台）我手里有方块爱斯、K、Q，另外还有八张方块，一张黑桃爱斯，只有一张……一

张小点子的红桃,可她就不肯叫一个小满贯,简直糟透了……(由右门下)

# 九

阿夫多季雅·纳扎罗夫娜和第一客人由花园上。

**阿夫多季雅** 我恨不得把她撕个粉碎,我恨不得把她撕个粉碎,这个老吝啬鬼!这不是开玩笑吗。我从五点钟就在这儿坐着,可她连一点儿走了味儿的青鱼都没给吃!……这真算是个人家!……这真是个待人的法子!

**第一客人** 我闷得恨不得跑过去拿头往墙上撞!他们都真算是人啊,上帝可怜可怜我们吧!多么饿,多么闷气啊;这已经足够叫一个人像头狼那么嚎,要动手去抓人吃啦。

**阿夫多季雅** 不要看我已经造了这么多的孽啦,也还是恨不得把她撕个粉粉碎!

**第一客人** 我是来喝口酒的,老太婆,喝完我就回家!我不要你那些够格的年轻姑娘们。中饭以后连一杯酒都没有喝过,谁还能见鬼去想爱情呀?

**阿夫多季雅** 咱们自己找点东西去……

**第一客人** 嘘—嘘!小声点!我相信饭厅的碗橱里有伏特加。咱们去抓住叶戈鲁什卡……嘘—嘘!(他们由右门下)


## 十

安娜·彼特罗夫娜和里沃夫由右门上。

**安娜·彼特罗夫娜** 不要紧,他们会高兴见我们的。这儿没人。他们一定是在花园里。

**里沃夫** 我奇怪你为什么把我领到这个鹰窠里来?这不是你或者我该来的地方。正经人应当躲着这种空气!

**安娜·彼特罗夫娜** 听我说,正经人先生!陪着一位太太出门,一路上不谈别的,只谈他自己的正经,可是没有礼貌的!他也许是正经,可是说出来,哪怕只说一点点呢,也是叫人讨厌的。你永远不要跟女人们谈你自己的美德,要叫她们自己看出来。我的尼古拉当初在你这个年纪上,在女人们面前,只是唱唱歌,讲讲故事,可是女人们都能清清楚楚地看得见他是怎样一种人。

**里沃夫** 啊,不要跟我提你的尼古拉吧。我完完全全了解他!

**安娜·彼特罗夫娜** 你是一个善良的人,然而你什么事情也不懂。咱们到花园里去吧。他从来没有用过这类词句,像什么"我是正经的!我在这种空气里可闷死啦!鹰呀!狼窝呀!鳄鱼呀!"他说话从来不沾动物园的边儿,他气极了的时候,我也只听见他说,"哎呀,我今天多么没有道理呀!"或者"安妞塔,我替那个人难过!"他从前是这个样子,而你呢……(他们下)

## 十一

阿夫多季雅·纳扎罗夫娜和第一客人由左门上。

**第一客人** 不在饭厅里,那一定是在食料室里了。我们一定得找叶戈鲁什卡问问。咱们穿过会客室走吧。
**阿夫多季雅** 看我不把她撕个粉碎!(他们由右门下)

## 十二

巴巴金娜和鲍尔金从花园跑着上,笑着;沙别尔斯基疾步追他们，也大笑着，搓着两手。

**巴巴金娜** 多么没趣啊！（笑）真没趣！大家坐在那儿，走来走去的，都直勾勾地像吞了一把火钳似的；把我都给闷僵了。（四下里跳跳蹦蹦）我可得叫这两条腿轻松一下啦！

〔鲍尔金搂住她的腰，吻她的脸颊。

**沙别尔斯基** （笑，捻着手指头作响）真见鬼啦！（清了一下喉咙）其实呀……

**巴巴金娜** 放开手，把你的胳膊拿开，你这个不知害臊的人，还不知道叫伯爵怎么想呢！走开！……

**鲍尔金** 我的灵魂的天使啊，我心上的明珠啊！……（吻她）千万借给我两千三百个卢布吧！……

**巴巴金娜** 不—不—不……你喜欢怎么说，你就怎么说，可是提到钱呢，没有，谢谢啦……没有，没有，没有！咳，两只胳膊都拿开！

**沙别尔斯基** （在他们旁边细步走着）这个小肉团子……真有她迷人的地方……

**鲍尔金** （庄重起来）好吧，咱们谈谈正经的吧。咱们正正经经地，把事情直截了当地讨论讨论吧。给我一个痛快的回答，不许带一点花样或者狡猾：愿意还是不愿意？听着。（指着伯爵）他需要钱，一年至少三万卢布。你需要一个丈夫。你愿意当一个伯爵夫人吗?

**沙别尔斯基** （笑）真是无耻得惊人!

**鲍尔金** 你愿意当一个伯爵夫人吗?愿意还是不愿意?

**巴巴金娜** （激动地）就想想你说的是什么话吧,米沙,可真是的!这种事情,可不能就这样潦潦草草地办啊……如果伯爵愿意这么办,那他可以自个儿去……可我实在不知道怎么办,像这么突然的就……

**鲍尔金** 得啦,得啦,别装模作样啦!这是一件正经事……你倒是愿意不愿意啊?

**沙别尔斯基** （笑着,搓着手）愿意啦?真的,嗯?活该啦,这种肮脏的手段。为什么不要一耍呢?怎么样?肉团子哟!（吻她的脸颊）真迷人啊!我的心肝宝贝!

**巴巴金娜** 等一会儿,等一会儿……你们把我的心整个儿给翻腾乱了……走开,走开……不,不要走!……

**鲍尔金** 快着点!愿意还是不愿意?我们没有时间白糟蹋啦……

**巴巴金娜** 我告诉你怎么办吧,伯爵。你来我这儿做两三天客……你会觉得我那儿痛快,不像这一家。明天来吧……（向鲍尔金）不对吧,你是开玩笑的,不是吗?

**鲍尔金** （怒）好像谁还在正经事情上开玩笑似的!

**巴巴金娜** 等一会儿,等一会儿……哎呀,我觉得头晕!

我觉得头晕！伯爵夫人……我要晕过去啦……我要倒下去啦……（鲍尔金和伯爵都笑着，每人挽住她一只胳膊，同时吻着她的脸，把她由右门挽下）

## 十三

伊凡诺夫和萨沙由花园跑上。

**伊凡诺夫** （绝望地抓着自己的头）不能这样！不要这么说，不要，萨沙！……啊，不要！

**萨沙** （心神迷乱）我爱你爱得发疯……没有你，生活就没了意义，没了愉快，没了幸福！你是我的一切！……

**伊凡诺夫** 这有什么好处，这有什么好处啊？我的上帝！我不明白！萨沙，不要这么说！……

**萨沙** 我小时候，你就是我唯一的愉快；我那时候爱你和你的灵魂，就如同爱我自己一样，可是现在……我爱你，尼古拉·阿列克塞耶维奇！……你就是走到天涯海角，我也要跟着你去，如果你想进坟墓，我也跟你去，只求看在上帝的分上快着一点吧，不然我可要闷死了……

**伊凡诺夫** （突然发出快活的笑声）这是怎么一回事呀？这

样说来，是生活重新开始了吗，萨沙，是吗？……我的幸福！（把她拉到怀里）我的青春，我的光明！……

  [安娜·彼特罗夫娜由花园上，看见她的丈夫和
   萨沙，站住，僵在那里。

这样说来，我还是要活下去喽？是吗？是要重新干一番事业喽？

  [吻。吻后，伊凡诺夫和萨沙都回头，看见了安
   娜·彼特罗夫娜，伊凡诺夫恐怖。

萨拉！

——幕落

# 第三幕

伊凡诺夫的书房。一张写字桌上,凌乱地放着文件、书籍、公事信封、零碎的东西和几支手枪;文件旁边,一盏油灯,一个细颈的瓶子装着伏特加,一盘青鱼,几块面包和黄瓜。

墙上是:地图,图画,枪械,手枪,镰刀,鞭子,等等。中午。

## 一

沙别尔斯基、列别捷夫、鲍尔金和彼得。沙别尔斯基和列别捷夫坐在书桌旁边,鲍尔金在舞台中央,骑着一把椅子。彼得站在门口。

**列别捷夫** 法国的政策,是清楚、明确的……法国人知道自己需要什么。他们唯一需要的,只是把那些吃腊肠的人给剥了皮,可是德国的情形就完全不一样了。德国眼睛里的沙子,除了法国以外,还多得很呢……

沙别尔斯基　胡说!……我的想法是这样,德国人胆小怕事,法国人也胆小怕事。他们只能冲着对方偷偷地伸舌头。相信我吧,情形不会发展得超过这种程度。他们打不起来。

鲍尔金　依我看,就不需要打仗。所有这些军备呀,会议呀,开支呀,都有什么用处?听我说,如果是我的话,我用什么办法吧。我就把全国的狗都搜罗来,给它们注射上大大一剂巴斯德病菌,再把它们放到敌国去。所有的敌人就会在一个月以内得上疯狗病。

列别捷夫　(笑)他的脑袋看上去不大,可是里边的好主意,就有大海里的鱼那么多。

沙别尔斯基　他是个好主意专家呀!

列别捷夫　但愿上帝保佑你吧,你真叫我们开心,米哈伊尔·米哈伊洛维奇。(止住笑)我们只顾聊天,伏特加可怎么样啦?Repetatur[1]!(斟满三酒杯)祝我们自己的健康!(他们喝酒,又稍稍吃一点东西)啊,我的好熏青鱼呀,是下酒菜里边最好吃的。

---

1　德语,再干一杯。

沙别尔斯基　不,黄瓜是最好吃的……学者们从开天辟地那一天起,就一直忙着思索,可是他们始终没有想出一样比腌黄瓜再好吃的东西来。(向彼得)彼得,去,再拿点黄瓜来,再告诉厨子给我们煎四个葱饼,趁热拿来。

　　［彼得下。

列别捷夫　鱼子酱下酒也不坏。不过你得会吃……你得拿四分之一磅榨干了的鱼子酱,两棵嫩葱,用橄榄油搅在一起……浮面再稍许滴上一小滴柠檬汁,你知道。美呀!光是那股味道就香得叫人发晕啦。

鲍尔金　喝完伏特加来一盘煎小鲤鱼,味道也好。只是得懂得怎样煎法。得把它们刮干净了,滚上筛细了的干面包渣,一直煎酥了,煎得一见了牙就碎……嘎吱嘎吱的……

沙别尔斯基　昨天我们在巴巴金娜家里吃了一盘好菜——鲜菌。

列别捷夫　我敢说……

沙别尔斯基　可那是用一种特别方法做的。你们知道,用的是葱和桂花叶子,还有各式各样的佐料。盘子盖刚一打开,就冒出一股热气,一种味道……真香啊!

列别捷夫　得啦,你们觉得怎么样啊?Repetatur!先生们。(他们喝酒)祝我们自己非常健康!(看看自己的表)我怕我不能再等尼古拉了。我得走了。你说你在巴巴金娜家里吃了鲜菌,可是我们家连一个鲜菌还没有看见呢。就请你告诉告诉我们,你到底为什么这样常到玛尔法家里去?

沙别尔斯基 (向鲍尔金点点头)嘿,她要我娶她呀。

列别捷夫 结婚哪?喂,我说你多大了?

沙别尔斯基 六十二。

列别捷夫 倒刚刚是结婚的好年纪。玛尔法也刚刚配得上你。

鲍尔金 他想的不是玛尔法,而是玛尔法的卢布。

列别捷夫 别的什么都行!玛尔法的卢布呀!往下瞧吧,总得叫你抹眼泪,准是空盼一场!

鲍尔金 等他结了婚,把口袋塞满了以后,你就明白那是不是空盼一场!你就得羡慕他的好运啦。

沙别尔斯基 你知道他可真认真哪。这个天才,还相信我会听他的话去娶她呢。

鲍尔金 嘿,那当然喽!你不是也这么相信吗?

沙别尔斯基 你疯了……我什么时候相信的?哼!

鲍尔金 谢谢你……多多地谢谢你!原来你是想要我呀?一会儿说我要娶,一会儿又说我不愿意娶……到底叫谁弄得清楚你的主意呀?可是我已经答应人家了!这么说,你是不娶她的了?

**沙别尔斯基** （耸着两肩）他可真认真哪！这个了不起的人啊！

**鲍尔金** （大怒）既然这样，你又为什么要把一个体面女人搅得神魂颠倒呢？她为了想当一个伯爵夫人，想得都发了疯，睡不着觉，也吃不下东西去啦……这难道是个开玩笑的事情呀？这算正派吗？

**沙别尔斯基** （捻着手指作响）啊，我要是真去耍耍这种肮脏手段，又怎么样呢？为什么呀？只为了恶作剧吗？那我就去做呀！我说实话吧……那可真算热闹啦！


二


里沃夫上。


**列别捷夫** 大夫，向你致最虔诚的敬礼啦！（把手伸给里沃夫，唱）大夫啊，救救我吧，先生啊，我怕死可怕得要命啊！

**里沃夫** 尼古拉·阿列克塞耶维奇还没有回来吗？

**列别捷夫** 可不是没有吗，我已经等他一个多钟头了。

〔里沃夫不耐烦地在台上大步走来走去。

我说，我亲爱的朋友，安娜·彼特罗夫娜怎么样啦？

里沃夫　她病得很重。

列别捷夫　（叹气）我能去问候问候她吗？

里沃夫　不行，请不要去。我相信她睡着了……

　　　［停顿。

列别捷夫　她是一个可爱温柔的女人。（叹息）萨沙生日那天，她晕倒在我们家里的时候，我看了看她的脸，那时候我就看出她活不长久了，可怜的孩子。我当时不知道她是为什么晕倒的。我跑过去看她，她躺在那儿，脸白得像个死人，尼古拉跪在她旁边，脸也和她一样白，萨沙也流着眼泪。过后有那么一个星期光景，萨沙和我都还东奔西走的，仿佛掉了魂儿似的。

沙别尔斯基　（向里沃夫）告诉我，尊贵的科学信徒，据说胸部有病的太太们，要有一个青年医生时时来看她，就可以治好，这是哪个饱学的先贤发现的呀？这可是个伟大的发现呀，伟大！他应当属于哪类呢：是对症治疗的医生呢，还是添病治疗的医生呢？

　　　［里沃夫想要回答，但又做了一个藐视的手势，走开了。

　　瞪我的这一眼可有多么大的气呀……

列别捷夫　谁叫你乱嚼舌头呢？你为什么侮辱他呢？

沙别尔斯基　（激怒地）可他又为什么要说谎话呢？肺痨

呀，没有希望呀，她要死啦呀……全是谎话！我受不了！

**列别捷夫**　你为什么认为他是在说谎话呢？

**沙别尔斯基**　（站起来，四下里走着）一个活生生的人，突然会无缘无故地死去，这种说法我可不相信。咱们丢开这个题目吧！


## 三

科西赫跑着上。

**科西赫**　（喘不过气来）尼古拉·阿列克塞耶维奇在家吗？早安！（迅速地和每个人握手）他在家吗？

**鲍尔金**　不在，他出去了。

**科西赫**　（喝了一杯伏特加，又匆匆忙忙地吃了几口东西）我还得走……我忙……我累死了……我站都快站不住了……

**列别捷夫**　你是从哪儿撞进来的？

**科西赫**　从巴拉巴诺夫家来的……我们打温特[1]打了一整夜，刚刚才完……把我都给刮光了……那个巴

---

1　一种牌戏。

拉巴诺夫赌得可真像个补鞋匠！（哭声）你们听我说吧：我一直出红桃……（向鲍尔金说，鲍尔金跳着躲开了）他先出方块，我又出红桃；他又出方块……这么一来，我就没有赢。我手里有梅花爱斯、Q和另外五张梅花，还有黑桃爱斯、十和另外两张黑桃……

列别捷夫 （用手指头堵上两只耳朵）饶了我吧，求求你，饶了我吧！

科西赫 （向伯爵）你明白吗：我手里是梅花爱斯、Q和另外五张梅花，黑桃爱斯、十和另外两张黑桃……

沙别尔斯基 （用手推开他）走开，我不愿意听你的！

科西赫 可是忽然间就碰上那么个坏运气：我的黑桃爱斯，在头一圈儿就叫人拿王牌给打掉了。

沙别尔斯基 （从桌上抄起一支手枪）走开，要不我就打了！……

科西赫 （挥着手）下地狱的……难道就没有一个好说句话的人吗？就像住在澳洲一样：没有共同的利害，没有同情……他们把全部心思都下在自个儿的身上了……可我也得走啦……时候到了。（抓起自己的帽子）时间是宝贵的。（和列别捷夫握手）帕斯！（大笑声）

　　[科西赫走出，在门口和阿夫多季雅·纳扎罗夫娜撞个满怀。

# 四

**阿夫多季雅** （尖叫）你这该死的！把我都要撞翻啦！

**全体** 哈哈！到哪里都有她一份！

**阿夫多季雅** 原来他们都在这儿，我在这房子里还到处都找遍了呢。早安！我的漂亮的小鹰，正吃个痛快啦？（向他们行礼）

**列别捷夫** 你是干什么来的？

**阿夫多季雅** 正经事，我的老爷子。（向伯爵）跟你有关的正经事，大人。（鞠躬）我是受人之托来向你致意和请安的……我那个漂亮的小娃娃吩咐我，叫我告诉你，如果你今天晚上不去看她，她可就要把眼泪都哭干啦。"把他领到一边儿，我的亲爱的，"她说，"把这话偷偷跟他咬着耳朵说。"可是何必偷偷的呢？我们这儿都是老朋友啦。况且，这又不是去偷鸡，咱们的目的，是为了完成一个两相心爱、两相情愿的合法婚姻啊。别看我是一个有罪孽的女人，我从来不沾一滴酒，可是既然碰上这种机会，我可要喝上它一杯呢！

**列别捷夫** 我也要喝一杯。（把几个杯子都斟满）我说你呀，老乌鸦，好像再也没有你这么不见老的了。我刚认识你的时候，三十年前，你已经就是个老太婆了。

**阿夫多季雅**　年岁，我已经数不上来了……我葬过两个丈夫，还很想再嫁第三个，可是没有陪嫁就没有人愿意娶我了。我生过八个孩子……（端起酒杯来）好啦，咱们顺着上帝的意思，已经做起来一件好事啦，但愿上帝准咱们把它成全了吧！他们准会活得长，过得兴旺，我们看着他们，自己心里也会快活。但愿上帝给他们爱和慈悲吧！（喝酒）这伏特加好厉害呀！

**沙别尔斯基**　（笑着，向列别捷夫）但是，你知道，最稀奇的事情是他们当真以为我……这真有趣！（站起来）你以为怎么样，巴沙，我当真要耍一回这种卑鄙手段吗？恶作剧一番……就这么来一下；喂，老狗，要吃吗……巴沙，要不要来这么一下？

**列别捷夫**　你说的是糊涂话，伯爵。现在是我们想到伸腿闭眼的时候了；为了玛尔法和卢布，咱们的年月老早就已经过去了……咱们的日子已经完了。

**沙别尔斯基**　不，我要干一干——我说实在话，我要干！

〔伊凡诺夫和里沃夫上。

# 五

**里沃夫**　我请求你给我匀出五分钟来。

**列别捷夫**　尼古拉沙！（走到伊凡诺夫面前，吻他）早安，我亲爱的孩子。我等了你可有好大一个钟头了。

**阿夫多季雅**　（鞠躬）早安，老爷子。

**伊凡诺夫**　（苦恼地）先生们，你们又把我的书房变成酒馆了！……我请求过你们大家和每一个人，求了有一千次了，请你们不要这样……（走到桌边）看，是不是，你们把伏特加洒到我的文件上了……这儿还有面包渣子和黄瓜头儿……这真叫人讨厌！

**列别捷夫**　我对不住，尼古拉沙，我对不住……原谅我们吧。我要和你谈谈，亲爱的孩子，谈一件非常重要的事情……

**鲍尔金**　我也要谈谈。

**里沃夫**　尼古拉·阿列克塞耶维奇，我可以跟你说一句话吗？

**伊凡诺夫**　（指着列别捷夫）你看他也要找我谈话呢。稍微等一会儿吧，你们可以等会儿再来……（向列别捷夫）什么事？

**列别捷夫**　先生们，我要谈一点心里话。请……

　　〔伯爵和阿夫多季雅·纳扎罗夫娜走出，鲍尔金跟在他们后边，里沃夫最后下。

**伊凡诺夫**　巴沙，你自己高兴喝多少就喝多少——这本是你的一个毛病；但是我请求你不要带上我舅舅。他以前从来不喝酒。这对于他没有好处。

列别捷夫　（大吃一惊）哎呀，我可不知道他不会喝……我甚至都没有注意到……

伊凡诺夫　说一句不该说的话，这个老小孩儿如果死了，对于你没有一点关系，对于我可就有影响了……你要谈的是什么呀？

　　〔停顿。

列别捷夫　你知道，我亲爱的朋友……我真不懂得怎么样开口才能把话说得不太难为情……尼古拉沙，我觉得惭愧，我脸红，我没法子叫自己把话说出口来，但是，我亲爱的孩子，请你设身处地替我想一想吧——认清楚我是一个身不由己的人，是一个奴隶，一个乞丐……原谅我吧……

伊凡诺夫　什么事呢？

列别捷夫　我的太太派我来……请赏个脸吧——给点交情，把利息付给她吧！你真不会相信她是怎样不住地骂我，逼我，折磨我的呀！发发慈悲，千万把她的事情了结了吧！……

伊凡诺夫　巴沙，你知道我目前刚好没有钱啊。

列别捷夫　我知道，我知道；可是我又有什么办法呢？她不肯等。如果她告了你，萨沙和我还怎么能抬得起头来见你呢？

伊凡诺夫　我自己感到惭愧，巴沙，我真想钻到地下去；但是……但是钱、我可往哪儿去弄呢？告诉我，往哪儿去弄呢？唯一的办法，只有等到秋天我卖了谷子。

**列别捷夫** （喊）她不肯等啊！

　　［停顿。

**伊凡诺夫** 你的地位是不愉快的，困难的，而我的地位呢，还要坏得多。（走来走去地想着）也想不出一个计划来……没有一样东西好卖的了……

**列别捷夫** 你到米尔巴赫那里去；他欠你一万六千呢，你知道。

　　［伊凡诺夫绝望地摇摇手。

我告诉你怎么办吧，尼古拉沙……我知道你又得骂起来……但是，赏给我这老醉鬼一个脸吧……跟你说句够朋友的话吧……可得拿我当个朋友看哪……咱们都当过学生，都曾经是自由主义者……咱们有过共同的理想和兴趣……咱们都在莫斯科念过书…… alma mater[1]……（掏出皮夹子来）我这儿有一笔秘密的积蓄，家里谁也不知道。让我借给你吧……（把钱掏出来，放在桌上）放下你的骄傲，像个朋友似的看待这件事吧……我还要你还呢——说真话，我要你还的。

　　［停顿。

拿去吧，在桌上啦，一万一千。你今天就去找她，把钱亲手交给她……拿去，齐娜伊达·萨维什娜，叫

---

[1] 拉丁语，母校。

钱噎死你！只是你得记住，上帝保佑你，可不要露出一点钱是打我这儿出的痕迹，不然我可就得叫那个老酸莓子酱给厉厉害害地骂一顿了。（直瞪着伊凡诺夫的脸看）哈！没关系，不要上心里去！（迅速从桌上把钱拿起来，装进自己的口袋）不要上心里去！我刚才是逗着玩儿的……求你千万原谅我吧！

　　［停顿。

你心里难过啦？

　　［伊凡诺夫做了一个绝望的手势。

是啊，这实在是一件难事啊……（叹气）你赶上了一个困苦艰难的日子啦。一个人就好比一个铜茶炉，老朋友。不能永远放在架子上冷着呀——有时候人们也要往里边放放红炭的……这个比喻不怎么恰当，可是我也想不出什么更好的来了……（叹气）困难能够激励人的精神。我并不替你难过，尼古拉沙——总有一天，你会摆脱你的困难，情形会变好的；但是我心里气的、不痛快的是那些人……我倒想知道知道，这些谣言都是从哪儿造出来的！咱们这个地方，到处都传遍关于你的谣言，而且传得那样厉害，总有一天会叫法院检察官把你给传去的……说你是一个谋杀者，一个放高利贷的，一个强盗……

**伊凡诺夫**　　那没有一点关系，有关系的是我的头疼。
**列别捷夫**　　那都是因为你的脑筋动得太多啦。

伊凡诺夫　我是一点脑筋也不动的。

列别捷夫　你就给它什么事情都来个活该得啦,尼古拉沙,到我们那儿玩去。萨沙喜欢你;她了解你,也赏识你。她是个善良可爱的小东西,尼古拉沙。她既不像她父亲,也不像她母亲,却像一个过路的生人……有时候我看着她,连我自己都不能相信,像我这么一个大鼻子的老醉鬼,居然能有这样一个珍珠宝贝。到我们家去;你可以跟她谈点知识上的问题,那对你也是个愉快的事情。她的天性是诚实的、诚恳的……

　　〔停顿。

伊凡诺夫　巴沙,我亲爱的朋友啊,让我一个人待着吧。

列别捷夫　我了解,我了解……(匆忙地看看自己的表)我了解。(吻伊凡诺夫)再见吧。我得去参加一个学校的献礼会。(走到门口,停住)她是一个聪明的女孩子……昨天,她跟我谈到那些闲言闲语。(大笑)她说出了一句箴言:"父亲,"她说,"萤火虫在夜间放出光亮,只是为了叫夜鸟们把它看得更清楚,吃得更方便罢了;而好人的存在呢,也只是为了给流言和诽谤供给资料而已。"这你觉得怎么样?一个天才啊! 一个乔治·桑!

伊凡诺夫　巴沙! (拦住他)你说我这是什么缘故啊?

列别捷夫　这话我自己还想问问你呢,可是,跟你说实话，我并不愿意问。我不知道，亲爱的朋友！一方面，我觉得你被各种各样的不幸给压扁了；另一方面呢，我知道你又不是那种人，那种会叫……你不是能叫困难给制服了的一个人。这里边有点什么别的原因，尼古拉沙，可究竟是什么原因呢，我不知道。

**伊凡诺夫**　我自己也不知道。我想那要不就是……咳，不对！

　　［停顿。

你明白，我想说的是这个：我从前有一个雇工，名叫谢苗——你记得他的。在打谷子的时候，有一天，他想叫女孩子们看看他有多么强壮，就扛起了两口袋黑麦，结果把自己压出疝气病来了。过了不久他就死了。在我看来，我也把我自己压坏了。中学，大学，接着是经营我的地产，作计划，办学校……我的信仰跟别人不同，我的结婚也跟别人不同。从前我是狂热的，我敢冒险，我的钱顺手往外抛，这你都是知道的。我比整个这一带的任何一个人，幸福尝得都多，痛苦也尝得都多。这一切，对于我都像那种麦子口袋呀，巴沙……我也扛起了一副重担，把我的背给压断了。二十岁的时候，我们是英雄——我们什么事情都敢做，我们什么事情都能做；等到三十岁，我们就已经精疲力竭，毫无用处了。为什么那么容易衰败，你可怎么解释它呀，告诉告诉我？但是，也许不是这种原因，虽然……不是的，不是的！……你走吧，巴沙，上帝保佑你；我的话太使你厌烦了。

**列别捷夫** （急切地）你知道这是怎么回事吗，老朋友？这是你的环境毁了你呀。

**伊凡诺夫** 咳，这话无聊，巴沙，也陈腐了。快去吧！

**列别捷夫** 是的，这话当然无聊。我自己现在也明白这是无聊的了。我走啦！我走啦！（下）

# 六

**伊凡诺夫** （一个人）我是一个卑鄙的、没有价值的坏人。只有像巴沙么卑鄙、意气消沉的人，才能喜欢我、尊敬我。我有多么瞧不起我自己呀，我的上帝！我有多么恨我自己的声音、恨我的脚步、恨我这两只手、恨我这身衣裳、恨我的思想啊！难道这不荒谬吗？难道这不可耻吗？——不到一年以前，我还是强壮的，健康的，我还是精力充沛的，我还是不知疲倦和满怀热情的，我还是用同样这双手在工作，我的话还能说得连无知无识的人们都感动得掉泪，我还能见到悲惨的现象就哭，看见不公平的现象就激起愤怒。我还能懂得灵感的意义，当我从日落到天明、坐在自己的写字桌前，或者用幻梦来陶醉自己灵魂的时候，我还能感觉到宁静长夜的魅力和诗意。那时候，我有信念，我能像注视着我母亲的眼睛一般地注视着未来……但是，现在呢，啊，我的上帝呀！我已经精疲力竭了，我已经没有信念了，我无所事事地消磨着日日和夜夜。我的脑子，我的手，我的脚，都不听我使唤。我的产业正在倾荡着，森林正被斧子砍伐着。（哭）我的土地，像一个被遗弃的孩子似的望着我。我没有什么可希望的，我也没有什么可后悔的；我的灵魂，一想到明天就害怕得发抖……再看一看我对待萨拉的情形吧！我发过誓，说要永远爱她，我答应过她，说要给她幸福，我在她的眼前，展开过一个连她自己在梦中都没有想象过的未来。她相信了我。五年的工夫啊，我眼看着她被她的牺牲重重地压得憔悴下去，眼看着她和良心挣扎得疲惫不堪，然而，上帝是在头顶上的，她的眼睛里从来没有闪过一次怀疑的神色，嘴里没有吐过一个字的怨言！然而，我现在却不再爱她了……怎么会这样呢？什么原因呢？为了什么事呢？这我都不了解。现在，她正在病着；她的岁月有限了，而我呢，就像一个最下贱的小偷一样，躲着她那苍白的脸，躲着她那凹陷的胸部，躲着她那双恳求着的眼睛。可耻啊，可耻！

〔停顿。

萨沙,一个女孩子,被我的不幸感动了。她跟我说,在我这个岁数上,她爱我;我于是沉醉了,忘却了世上的一切,就好像被音乐迷住了似的,喊叫着"一个新生命呀!幸福!"到了第二天,我对那个新生命和那个幸福,就又像对魔鬼一样的不相信了……我这是怎么一回事呀?我叫我自己堕落到怎么一种程度了啊?我这种意志薄弱是怎么来的呀?我的神经上出了什么毛病了呢?只要我生着病的太太一冒犯了我的虚荣心,或者,只要一个仆人一惹得我不高兴,或者,只要我的枪一不发火,我就粗暴起来,发起狠来,不像我自己了。

〔停顿。

我不明白,我不明白!我恨不得开枪自杀,给它一个了结啊!

里沃夫 (上)我得跟你讲讲清楚,尼古拉·阿列克塞耶维奇。

伊凡诺夫 如果我们每天都得把事情讲清楚,那是任何一个人都受不了的呀。

里沃夫 你愿意听我说吗?

伊凡诺夫 我每天都听见你说的,然而,我照旧弄不清楚你到底要我怎么样。

里沃夫 我说得很清楚,很明确,除去没有心肝的人,没有人听不懂我的话。

**伊凡诺夫** 说我的太太要死啦——这我知道；说我对她是非常有罪的,这我也知道。说你是一个正直的、高尚的人,这我也知道!你还有什么再要我懂的呢?

**里沃夫** 人性的残酷,使我厌恶……一个女人要死了。她有她所爱的父母,愿意在临死的时候看一看他们;他们很知道她不久就要死了,也很知道她仍然爱他们,然而,这种该死的残忍心哪!他们似乎是要用他们宗教的铁石心肠来使人惊讶似的——竟照旧坚持着咒骂她!你呢,你是她为你而牺牲了一切的那个人——牺牲了她的家,牺牲了她良心上的平静;然而,你竟用一点没有掩饰的方法,怀着一点也不掩饰的企图,每天到他们列别捷夫家里去!……

**伊凡诺夫** 哎呀,我有两个星期没到那儿去了……

**里沃夫** (不听他的话)对于像你这样的人,说话必须坦白,不用拐弯抹角,如果你不高兴听,你就不听好了!我一向惯于有什么说什么……她的死会给你方便,会给你开辟一条重新进行冒险的道路;就算是这样吧,然而你总可以等待一下吧?如果你不用你那种公然的讥刺态度,一个劲儿地折磨她,叫她自自然然地死去,列别捷夫家的那个女孩子和她的陪嫁,你当然也不会失掉吧?即使不在现在,那么,在一两年以后,你也总会成功的吧,你这个出色的伪君子，也总会照样很容易地使她发狂，并且弄到她的钱的吧？……你为什么这样迫不及待呢？你为什么要你的太太现在就死，不肯忍耐到一个月或者一年以后呢？……

伊凡诺夫　这真叫人痛苦极啦！……如果你以为一个人能够无限度地忍耐下去，那你就不是一个很好的医生了。不回报你的这些侮辱，在我已经必须做出非常大的努力了。

里沃夫　算了吧，你想欺骗谁呀？摘下你的面具吧！

伊凡诺夫　你这个聪明人，要稍许想一想！你以为世上再也没有比了解我更容易的事了吗？我娶安娜，为的是她的财产……人家没有让我得到。我错打了主意，所以现在我就要摆脱她，好去另娶一个姑娘，弄到她的钱，是吗？多么简单啊！人就是这样简单、这样毫不复杂的一种机器呀？……不，大夫，我们每一个人的心里，都有那么多的轮盘、螺丝和操纵杆，因此我们相互之间，就不能只从头一次的印象上，或者只从两三个表面的特征上去下结论呀。我不了解你，你不了解我，我们也不了解我们自己。一个人可以是一个好医生，同时却也可以绝对不懂得人性。不要太自信啊，一定要明白这一点。

里沃夫　你真以为你自己是这样难于被人看穿，而我是这样没有脑筋，以致连流氓和正人君子都分不出来吗?

**伊凡诺夫** 我们绝对不会取得一致,这是显然的。我最后一次问你一个问题,请回答我,不要带任何序言:你到底要我怎么样?你要达到什么目的?(激怒地)我是在跟谁这么荣幸地谈着话呢——是我的审判官呢,还是我太太的医生呢?

**里沃夫** 我是一个医生,然而作为一个医生,我坚决要求你改正你的行为。你的行为在杀害着安娜·彼特罗夫娜。

**伊凡诺夫** 然而我应该怎么办呢?怎么办?你既然比我自己还了解我,就明确地告诉我吧,我该怎么办?

**里沃夫** 至少你总不能这样毫无顾忌。

**伊凡诺夫** 啊,我的上帝呀!你知道你在说什么吗?(喝水)让我安静一下吧。我的罪孽是深重的:我必须到上帝面前去领罪;但是没有人授权给你,叫你每天来折磨我……

**里沃夫** 那么又是谁授权给你,叫你来凌辱我的正义感呢?你在折磨着、毒害着我的灵魂。我没有来到这个地方以前,我也承认无知的、疯狂的、没有理性的人确是存在的,然而我绝对不曾相信,世上居然还有故意地、自觉地、甘心情愿选择一条罪恶途径的罪人……我尊敬人,爱人,但是,自从认识了你……

**伊凡诺夫** 你这话我早就听见过了。

[萨沙穿着骑服上。

**里沃夫** 哼,你听见过?(看见萨沙)现在,我可相信了——我们相互之间,确实是很了解的呀!(耸耸肩,走出)

## 七

**伊凡诺夫** (带着惊骇)萨沙,是你吗?
**萨沙** 是的,是我。你好吗?没有想到吧?你为什么这么久不去看我们呀?
**伊凡诺夫** 萨沙,我恳求你,这可不聪明呀!你到这儿来,对我的太太可能发生可怕的影响。
**萨沙** 她不会看见我。我是从小路上来的。我这就走。我不放心:你好吗?为什么你这一阵子总没有去呀?
**伊凡诺夫** 我的太太痛苦成这个样子;她差不多快死了,可是你还到这儿来。萨沙,萨沙,这是没有头脑的,不近人情的!
**萨沙** 没有办法呀。你有半个月不去看我们了,我的信,你一封也没有回答。我担忧得要死。我想,你在家里一定是痛苦得不得了,生了病,要死了。我没有好好地睡过一夜。我这就走……无论怎么样,告诉我，你好吗？

**伊凡诺夫** 不好。我折磨着我自己，人们也在没完没了地折磨着我……我简直支持不了！现在你又来给我找麻烦！这一切是多么病态的、不正常的呀！我觉得自己是多么罪过呀，萨沙，我是多么罪过呀！……

**萨沙** 你多么喜欢说些怕人的、悲惨的话呀！原来你是有罪的呀？……是吗？有罪？那么，告诉我，是什么罪？

**伊凡诺夫** 我不知道，我不知道……

**萨沙** 这不叫回答。每一个有罪的人都应当知道他自己犯的是什么罪。你造过假钞票还是怎么啦？

**伊凡诺夫** 这是傻话。

**萨沙** 你有罪，是因为对你太太变了心了吗？也许是这样；但是人是管不住自己的情感的，你并没有存心要改变你的情感。你有罪，是因为她看见了我对你说我爱你吗？你没有罪，你并没有想叫她看见呀……

**伊凡诺夫** （打断她的话）如此等等，爱呀，由于爱呀，管不住自己的情感呀——这些都是些陈词滥调、老套子的话，没有用处……

**萨沙** 和你谈话真是没有味道。（看图画）那条狗画得多好哇。那是写生的吗？

**伊凡诺夫** 是。而且咱们的恋爱故事，整个都是滥调子的、老套子的：男的灰心丧气，陷入绝望了，女的当场出现，充满了力量和勇气——伸出一只援救的手来。这在小说里是美的，听起来也很美，只是在现实生活里呀……

萨沙　在现实生活里也一样。

伊凡诺夫　我知道你对生活的了解有多么浅薄！我的呜咽引起你的虔诚的敬畏，你幻想着在我身上发现第二个哈姆莱特，但是，从我的心里看呢，我的病态和病态所造成的一切其他情况，只能供人作揶揄的好材料罢了，没有一点别的用处！这种稀奇古怪，你应当嘲笑它，然而，你却喊起了"救命啊！"却要救我，却要做出点英勇的事迹来！啊，我今天对自己怎么这样生气呀！我觉得这种神经紧张，在逼着我做出点什么事情来……或者我得打碎一点东西，或者得……

萨沙　一点不错，一点不错，你恰恰应该那么做。砸破点东西吧，打碎点东西吧，或者扯起喉咙来喊喊吧。你生我的气了；我真糊涂呀，为什么想起要到这儿来呢。好啦，生气吧，向我喊叫吧，跺脚吧！怎么样？发脾气吧！

　　〔停顿。

怎么样啊？

伊凡诺夫　一个可笑的女孩子！

萨沙　好极啦！我相信你是在笑了！仁慈点吧，发发慈悲，再笑一笑吧！

**伊凡诺夫** （笑）我已经注意到了，每当你在救我和忠告我的时候，你的脸总是变得非常、非常天真的，你的眼睛总是睁得像注视着一颗流星时那么大。等一会儿，你的肩上有灰尘。（把她肩上的灰尘掸下来）一个天真的男人是一个傻子，但是你们女人，却有天真起来的艺术，所以你们的天真是甜蜜的，自然的，温暖的，不像它本来那么愚蠢的样子。然而，你们女人都有一种习性，这不是很古怪吗——如果一个男人是强壮的、健康的、高兴的，你们就不闻不问，但是，等他一开始迅速地走了下坡路，一放出悲哀的声音来，你们就扑到他身上去了！难道做一个强壮的、勇敢的男人的太太，反不如做那么一种流泪的失败者的护士吗？

**萨沙** 是的，不如。

**伊凡诺夫** 那为什么呢？（笑）达尔文可一点也不知道这些，不然他准要骂你们一顿的！你们是在毁灭人种啊。多蒙你们的美意，不久，所生下来的，就都只是些哭哭啼啼的神经病患者了。

**萨沙** 男人们不了解的事情多着呢。任何一个女孩子，宁愿要一个失败的男人，不要一个成功的男人，因为，每个女人都渴望着主动地去爱……你了解吗，主动地？男人只要一专心在他的工作里，那么，爱情对于他，就退到很次要的地位上去了。和他的太太谈谈话，和她一起在花园里散散步，一起快活地消遣消遣，在她坟头上哭哭——男人所需要的，只是这些。然而爱情对于我们，就是生命。我爱你，这意思就是说，我在梦想着我怎样把你的苦恼治好，我怎样跟你到天涯海角去。你走上坡路，我也走上坡路；如果你陷落到深渊里，我也陷落到深渊里。我认为，比如说，熬一整夜给你抄文件，或者，整夜守着你，不叫有谁惊醒你，或者，跟着你走一百里路，那就是一种伟大的幸福！我记得三年以前，有一次，在打谷子的时候，你来看我们，你满身灰尘，被太阳晒得黑黑的，你疲乏极了，要水喝。等我把那杯水递给你，你已经躺在沙发上睡着了，睡得像个死人似的。你睡了十二个小时，我也就在门口站了十二个小时，守卫着，提防有人走进来。那我可觉得多么幸福啊！情形越困难，爱情就越深，就是说，越叫人感觉到强烈的爱，你明白吗？

**伊凡诺夫** 主动的爱……哼。中了邪了，少女的哲学呀。不然，也许就是理应如此了……（耸肩）这只有魔鬼才知道！（高兴地）萨沙，说真话，我是一个正派人！……想想这个：我说话总是喜欢把事情概括起来的，但是，我一辈子从来没有说过"我们的女人是堕落的"，或者说过"走入歧途的女人"。我对她们一向是感激的，绝没有别的！绝没有别的！我的善良的小姑娘，你多么招人喜欢哪！而我又是个多么可笑的蠢货呀！我叫好人厌恶，我成天成天的什么事情也不做，只有诉苦。（笑）呜—呜！呜—呜的！（迅速地走开）不过，千万走吧，萨沙！我们可忘记了……

萨沙　是的，我该走了。再见吧！我怕你那位医生的正义感会叫他告诉安娜·彼特罗夫娜，说我来了。听我说：立刻到你太太那儿去，坐在她旁边，坐在她旁边……如果你在她旁边非得坐上一年不可，就在她旁边坐一年……如果要坐上十年——那就坐上十年。尽你的责任吧。痛悔吧，求她原谅吧，哭吧——只有这样才是对的。而且，最重要的是，不要放弃你的工作。

伊凡诺夫　我仿佛觉得受毒害的那种感觉又来了！又来了！

萨沙　好啦，上帝保佑你！你完全不需要替我着想。如果你每半个月给我写一行字，那就对我很好了。我会给你写信的……

　　　［鲍尔金在门口探头。

# 八

**鲍尔金** 尼古拉·阿列克塞耶维奇，我可以进来吗？（看见萨沙）对不住，我没有看见你……（走进）Bongjour[1]！（鞠躬）

**萨沙** （慌乱）你好吗？

**鲍尔金** 你长得更丰满、更漂亮啦。

**萨沙** （向伊凡诺夫）我这就走，尼古拉·阿列克塞耶维奇……我走啦。（下）

**鲍尔金** 多好的美景呀！我是来找散文的，无意中却发现了诗……（唱）"你像只小鸟在黎明出现……"

〔伊凡诺夫激动地在舞台上走来走去。

（坐下）她身上有一种什么东西，你知道，Nicolas（尼古拉），和别的女孩子不一样。不是吗？这种东西很特别……是属于幻想的……（叹气）事实上，她是咱们全乡下最有钱的一个对象啦，不过她的母亲是个辣萝卜，弄得没有人愿意跟她打交道。等她母亲死了，什么就都归萨沙了，只是，在那个日子以前，她母亲只能给她好可怜的一万卢布，加上几副铁板熨斗和夹煤的钳子，就连这，也还得跪下去跟她哀求呢。（在口袋里乱摸）我要抽抽De-los-mahoros[2]。

---

1 法语，日安。
2 一种菲律宾雪茄。

你不想来一支吗？（递过他的雪茄盒子）这烟不错……值得抽抽。

**伊凡诺夫** （走到鲍尔金面前，愤怒得喘不过气来）马上从我家滚出去，不要再迈进一步！马上！

〔鲍尔金站起来，雪茄落在地下。

滚出去！马上！

**鲍尔金** Nicolas（尼古拉），怎么啦？你为什么生气呀？

**伊凡诺夫** 为什么？你这些雪茄是哪儿来的？你以为我不知道你每天把那个老头子往哪儿带，不知道你是什么存心吗？

**鲍尔金** （耸着两肩）可那跟你又有什么关系呢？

**伊凡诺夫** 你这个恶棍！你在这一带宣扬遍了的那些卑鄙的计划，都当着别人的面把我的名誉给污辱了！你我不是一类的人，所以我请你马上离开我的家！（大步走来走去）

**鲍尔金** 我知道，你说这些话都是因为你受了刺激了，所以我不跟你生气。你愿意怎么侮辱我，就怎么侮辱吧。（拾起雪茄来）不过，是该摆脱掉你那种忧郁的时候了。你不是一个小学生……

**伊凡诺夫** 我刚才跟你说什么来着？（浑身颤抖着）你跟我开玩笑吗？

〔安娜·彼特罗夫娜上。

# 九

**鲍尔金** 好啦,安娜·彼特罗夫娜来啦……我走啦。(下)

[伊凡诺夫在桌子那里停住脚步,低头站着。

[停顿。

**安娜·彼特罗夫娜** (停顿一会儿之后)她刚才干什么来了?

[停顿。

我问你,她干什么来了?

**伊凡诺夫** 不要问我,安妞塔……

[停顿。

我是非常有罪的。随便你想出什么方法来惩罚我吧,我都会忍受,只是……不要盘问我……我经不起谈话。

**安娜·彼特罗夫娜** (怒冲冲地)她到这里干什么来了?

[停顿。

哈,原来你就是这个样子的呀!现在我懂得你了。我到底明白你是怎么一种人了。无耻,下贱……你还记得吗,你到我那儿去,跟我撒了一个谎,说你爱我……我相信了你;我抛弃了我的父母和我的宗教,跟你来了……你对我说了许多关于真理、善良和你的高贵计划的谎话。我每一个字都相信了……

**伊凡诺夫** 安妞塔,我从来没有跟你说过一句谎话。

安娜·彼特罗夫娜　我跟你过了五年。我一直是抑郁的、有病的,但是我一直爱着你,连一会儿也没有离开过你……你一直是我的偶像……可是你一直就用极无耻的手段欺骗我……

伊凡诺夫　安妞塔,不要说不合事实的话。我做了些错事,是的,但是我一辈子从来没有说过一句谎话……你可不能责备我这一点……

安娜·彼特罗夫娜　现在我全明白了……你娶我,是以为我父母会饶恕我,会给我钱……你当初所希望的就是这个……

伊凡诺夫　啊,我的上帝呀!安妞塔,你是这样来试验我的耐性的吗……(哭)

安娜·彼特罗夫娜　住嘴!当你看见钱没有到手,你就着手去布置新的罗网了……现在我全想起来了,也全明白了。(哭)你从来没有爱过我,也从来没有对我忠实过……从来没有!

伊凡诺夫　萨拉,这不是实话!你愿意说什么就说什么吧,只是不要用瞎话来侮辱我。

安娜·彼特罗夫娜　下贱的、无耻的人!……你欠了列别捷夫家的债,现在你想要赖掉这笔债,就尽力想把他的女儿弄得发狂,像当初欺骗我那样去欺骗她。这难道不是实话?

伊凡诺夫　(气得发喘地)发发慈悲,住嘴吧!我可要管不住自己啦……我要气死了，我……我可会说出伤害你的话来的……

**安娜·彼特罗夫娜**　你一直在无耻地欺骗人，不只是我一个。你把什么不名誉的事情都推在鲍尔金身上，可是，现在我可知道该谁负责了。

**伊凡诺夫**　萨拉，别吵了！走开，不然我可会说出点什么话来的！我心里可直想对你说些可怕的、侮辱的话啊……（喊）住嘴，你这犹太女人！

**安娜·彼特罗夫娜**　我非说不可……你把我欺骗得太久了，我必须说说……

**伊凡诺夫**　这么说，你是不肯住嘴喽。（强制着自己）发发慈悲吧……

**安娜·彼特罗夫娜**　现在你去吧，去欺骗那个萨沙吧！……

**伊凡诺夫**　哼，让我告诉你吧，你……你就要死啦……医生告诉我，说你就要死啦……

**安娜·彼特罗夫娜**　（坐下，低声）他这是什么时候说的？

　　〔停顿。

**伊凡诺夫**　（两手抓住头）我简直是个禽兽啊！我的上帝，简直是个禽兽啊！（啜泣）

——幕落

# 第四幕

第三幕和第四幕之间,相隔约一年。

列别捷夫家的一间会客厅。一道拱门,把前厅和后厅分开;左右有门。旧铜器,家庭照片。一切陈设都充满了节日的气氛。一架钢琴;上边放着一把小提琴;旁边立着一把大提琴。整幕都有穿得像参加舞会的客人们横穿着舞台走过去。

一

**里沃夫** (上,看自己的表)四点钟过了。我想这正是行祈祷礼的时候……他们给她祝福,然后送她到教堂去结婚。这就是美德和正义的胜利呀!他想抢萨拉的钱,没有成功;他把她折磨得进了坟墓,现在他又找到了另外一个。他也要对她演一回戏,直演到抢光了她,然后把她像萨拉那样送进坟墓去。一出传统的刮钱把戏……

［停顿。

他现在活在极乐的七重天上;他会快乐地活到老年,直到临死良心也不会感到惭愧。不行,我要揭穿你!等我把你那该死的假面具撕掉,大家都晓得你是怎样一种东西的时候,会叫你从七重天上一直栽到地狱的最深处,连魔鬼都拉不出你来!我是一个正直的人;我有责任干涉你,有责任把他们的瞎眼睛打开。我要尽我的责任,然后,明天我就永远离开这个可憎的地区!(默想)然而我可怎么做呢?和列别捷夫一家人去谈,等于浪费时间。向他提出决斗吗?大闹一场吗?我的上帝呀,我像一个小学生那样的错乱了,完全失去想主意的能力了!我可怎么办呢?决斗吗?

# 二

科西赫 (上,愉快地向里沃夫)昨天我叫了一个梅花小满贯,本想弄个大满贯的。可惜又叫那个巴拉巴诺夫整个给破坏了!我们打着。我说"无将",他说"帕斯"。我叫过了梅花二,他就叫"帕斯"。我接着又叫方块二……梅花三……可你会相信吗——你能想得到吗!——等我叫过了小满贯,他还是怎样也不出他的爱斯!如果他出了爱斯呢——这个恶棍!——我准会叫一个无将的大满贯啊……

里沃夫　对不起,我不打纸牌,所以我不能领略你的兴致。祈祷礼快举行了吧?

科西赫　应该快了。大家正在劝久久什卡呢……她像头牛犊子似的那么嚎:她难过的是丢了这笔陪嫁。

里沃夫　不是为丢了女儿吗?

科西赫　是为了陪嫁。此外,这门亲事也叫她苦恼。他这一招赘到家里来,那么,他欠下她的钱,也就不会还啦。你总不能去告自己的亲女婿不是。

## 三

巴巴金娜盛装上,带着一副尊严的神气,从里沃夫和科西赫的身边横穿过去;科西赫用拳头堵着嘴笑;她转回头来。

**巴巴金娜**　多愚蠢!

　　[科西赫用一只手指触了触她的腰,笑。

你这个粗人!(下)

**科西赫** (笑)这个糊涂女人简直是整个神魂颠倒啦!在她想着法儿弄到一个头衔以前,她和哪个女人都一样,现在呢,你可就接近不得她了。(模仿着她)"你这个粗人!"

**里沃夫** (激动地)喂,老老实实地告诉我,你对伊凡诺夫是怎么个看法?

**科西赫** 他不行啊。他打起牌来就像个鞋匠似的。让我来告诉你去年四旬斋的时候是怎么个情形吧。我们都坐下打牌啦——伯爵,鲍尔金,他和我——我正打……

**里沃夫** (打断他的话)他是个好人吗?

**科西赫** 他?他是个骗子!他诡计多端;他可是见过世面的……伯爵和他——他们真正是一对儿。他们的鼻子才尖呢,闻得出来哪儿有什么东西可以下手。他在那个犹太女人身上栽了一脚,没想到失败了,现在可就看上久久什卡的钱袋啦。我赌什么都可以,一年以内,他要不把久久什卡弄个精光,叫我的灵魂下地狱。他准得收拾了久久什卡,伯爵也准得收拾了那个寡妇。他们准得把钱抓到手,往后自个儿痛痛快快地活下去。大夫,你今天脸色为什么这么白呀?你的样儿有点不对呀。

**里沃夫** 咳,没什么!昨天我有点喝多了。

# 四

列别捷夫和萨沙上。

**列别捷夫** 咱们可以在这儿谈谈。(向里沃夫和科西赫)你们可以找那些太太去,你们两位好战的人。我们要谈点私房话。

**科西赫** (走过萨沙身旁的时候,用力捻手指头作响)好一张画儿!王牌 Q。

**列别捷夫** 快滚开,你这野人,快滚开!

〔里沃夫和科西赫下。

坐下,萨沙;对了,坐下……(坐下,往四下看看)专心地,拿出足够的诚意来听我说。是这个样子:是你母亲叫我跟你这么谈谈的……你明白,这话我自己可不想说:这是你母亲的命令。

**萨沙** 爸爸,就请干脆说吧!

**列别捷夫** 你这回结婚,给你一万五千卢布。以后……可记住了,以后就不许再谈钱的事啦!等一会儿,先别说话!底下好听的还多着呢。你的这一份儿是一万五千,但是,既然尼古拉·阿列克塞耶维奇还欠着你母亲九千,那就得从你的陪嫁里扣去……嗯,除此以外呢……

**萨沙** 你告诉我这个,是什么用意呢?

**列别捷夫**  你母亲叫我告诉你的。

**萨沙**  让我安静点吧！你哪怕有一点点尊重我或者尊重你自己的心思，都不会来跟我这样说话的。我不需要你们的陪嫁！我没有向你们要过，现在也不要！

**列别捷夫**  你为什么一张嘴就冲起我来啦？果戈理的书里边，那两只老鼠见了面不高兴，还要鼻子先嗤嗤两声，跟着就走开了呢，你可好，鼻气儿一声都没出，一张嘴就跟我冲起来了。

**萨沙**  让我安静点吧！不要你们拿半文钱都计较的话来侮辱我的耳朵！

**列别捷夫**  （动起火来）吓！你们个个都这种样子，真要逼得我去谋害人，或者用把刀子扎死我自己啦！一个嘛，从早晨嚎到夜里，一直埋怨着，骂着，自个儿的分文都计算着，另一个嘛，又是这么聪明，这么通人情，这么独立自主——都该下地狱的！——她连自己的父亲都不能了解！我侮辱了她的耳朵啦！你可知道我没到这儿来侮辱你的耳朵以前，在那儿（指着门外）先就已经叫人给撕成碎块儿、切成零段儿啦。她不能了解啊！她的神魂颠倒啦，她整个发了昏啦……你们都是混账的东西！（走到门口，又站住）我不喜欢这个——你的一切我都不喜欢！

**萨沙**  你不喜欢什么呀？

**列别捷夫**  我不喜欢一切——一切！

萨沙　什么一切呀？

**列别捷夫**　你以为我会坐下来告诉告诉你吗？这件事情就没有一点儿地方叫我喜欢的,看着你这门亲事,我就受不了!（走到萨沙面前,抚爱地）原谅我吧,萨沙,也许你这桩婚姻完全是聪明的、正当的、高尚的、满合乎高超的原则,但是,这里边可有一样整个不对劲儿的东西呀——整个不对劲儿!你这桩婚姻,不像一般人的婚姻。你年轻、活泼、纯洁得像一杯白水,而且美丽,而他呢,他是一个鳏夫,很衰老颓唐啦,我不了解他,上帝保佑这个人吧!（吻他的女儿）萨沙,原谅我,可这里边儿是有点不大妥当的东西。别人讲了好多闲话呢。讲他那个萨拉死的情形,还讲他马上就忙着娶你的情形……（突然）可是你看,我简直成了个老太婆啦——成了老太婆啦!我像条旧布裙子那么女人味儿啦。不要听我的。除了你自己的,谁也不要听。

萨沙　爸爸,我自己也觉得这里边有点不对头的地方……有——有!你只要知道我的心有多么沉重就好了!重得不能忍受了!我没脸承认,也怕承认。亲爱的爸爸,看在上帝的分上,一定要帮助我,叫我勇敢起来吧……教教我怎么办。

**列别捷夫**　什么事呀？什么事呀？

萨沙　我害怕,我从来没有这样怕过。（往四下里看）我觉得我不了解他，而且永远也不会。自从我和他订了婚，他脸上就没有过一次笑容，也从来没有正眼看过我一次。他满嘴是抱怨的话，后悔的话，浑身发抖，显得好像做错了什么事……我厌倦极了。我甚至有时候一阵阵地觉得我……觉得我并不是像该爱他的那样爱他。他一到我们这儿来，或者一和我谈话，我就厌烦了。这些都是什么意思呢，爸爸？我害怕。

列别捷夫　我的亲爱的，我的独养女儿，听你老父亲的话。跟他解除婚约吧。

萨沙　（变色）你说什么？

列别捷夫　是的，一点也不错，萨沙。是会传成笑话，引得四乡邻近，到处都是闲言闲语的。可是情愿忍受这些闲言闲语，总比整个毁了你一辈子强啊。

萨沙　不要谈这些了，爸爸。我不愿意听。我应当和我的这些阴暗的想法斗争。他是一个完美的人，他不幸，他被人误解。我要爱他；我要了解他；我要叫他站起来；我要尽我的义务。这是决定了的！

列别捷夫　这不是义务，而是神经病。

萨沙　够了。我已经把我自己对自己都不肯承认的话说给你听了。不要告诉任何人。让咱们把它忘了吧。

列别捷夫　我简直弄不清楚是怎么回事。要嘛，就是我老糊涂啦，要嘛，就是你们都太聪明啦。无论是哪一样吧，反正我是一点儿也不能明白；我要明白，我是畜生。

## 五

沙别尔斯基　（上）叫你们个个都下地狱吧。这真叫人恶心啊。

列别捷夫　你又怎么啦？

沙别尔斯基　没怎么。正经地说吧，不管闹成什么样儿，我也一定要耍一回这种肮脏的、卑鄙的手段，叫你们也跟我一样地忍不住。我也要耍一回。一定啦！我已经告诉鲍尔金啦，叫他宣布我今天订婚。（大笑）既然个个都是流氓，我就也要当个流氓。

列别捷夫　咳，你真叫我讨厌哪！你知道为什么吗，玛特维？你照这样说下去，会说得叫——原谅我这么说吧，会说得叫人把你抓进疯人院里去。

沙别尔斯基　难道疯人院比随便什么院更坏吗？你如果愿意，你今天就可以把我送进去；我无所谓。没有人不是卑鄙的、渺小的、浅薄的、迟钝的。我也厌恶我自己；我不能相信自己一个字……

列别捷夫　我告诉你怎么办吧，玛特维，你应当在嘴里放点粗麻，点上一根火柴，然后，就往外吐烟吧。

或者,最好是拿起你的帽子回家去。这儿在行婚礼;每个人都在找乐儿,可你像个乌鸦似的乱呱呱。是的,真正是……

[沙别尔斯基趴在钢琴上,啜泣。

哎呀呀!玛特维!伯爵!你是怎么啦?玛秋沙,我的亲爱的……我的天使……我得罪你了吗?得啦,你得原谅像我这样一个老东西啊……原谅一个醉鬼吧……喝点水吧。

沙别尔斯基　不要。(抬起头来)

列别捷夫　你为什么哭呀?

沙别尔斯基　咳,没什么!……

列别捷夫　你瞧你,玛秋沙,别说瞎话啦。是什么原因?

沙别尔斯基　我无意中看见了这把大提琴……就想起那个可怜的小犹太女人来了……

列别捷夫　唉!你真算选了一个好时辰来想念她啊!愿她在天堂上快乐,永远平安吧!但是现在不是追念她的时候。

沙别尔斯基　我们当初总是在一起演奏二重奏……她是一个了不起的、少有的女人啊!

[萨沙号啕大哭。

列别捷夫　你可又怎么啦?打住吧!哎呀,两个人都嚎起来啦!我—我……你们至少总可以找个别的地方去吧,这儿会叫人看见的。

沙别尔斯基　巴沙,出太阳的时候,即使在坟地里也是愉快的。一个人如果有希望,即使到了老年也是幸福的。但是我没有什么可希望的了,连一点希望也没有啊!

列别捷夫　是的,你的情况是不很如意的……你没有孩子,没有钱,没有工作……咳,可这有什么办法呢。(向萨沙)你怎么啦?

沙别尔斯基　巴沙,给我点钱。等咱们到另外那个世界里再结账吧。我要到巴黎去,看看我太太的坟。在我的好日子里,我送出去过很多;把我的财产送掉了一半,所以我有权利向别人要。何况,我是向一个朋友要……

列别捷夫　(慌张)我亲爱的伙计,我连一个小钱也没有哇!但是好吧,好吧!这意思是说,我什么也不能许下,但是你明白……很好,很好!……(向旁边自语)他们要把我折磨死啦。


# 六


巴巴金娜　(上)我的陪伴儿哪儿去啦?伯爵,你怎么能把我一个人儿丢在那儿呀?啊,可恶的男人!(用扇子轻轻打伯爵的手)

沙别尔斯基 （缩回手去）不要打搅我！我恨你！

巴巴金娜 （惊愕）什么？……嗯？……

沙别尔斯基 走开！

巴巴金娜 （颓唐地坐在一张椅子上）啊！……（哭）

齐娜伊达 （进来，哭着）有人到了……我相信那是伴郎。该是行祈祷礼的时候了。（大哭）

萨沙 （央求地）妈妈！

列别捷夫 好哇，大家都嚎起来啦！好一段四重奏啊！打住吧，你们把这个地方弄得多么丧气！玛特维……玛尔法·叶戈罗夫娜！……得啦，不然我自己可也要哭啦啊……（哭）哎呀！

齐娜伊达 好啦，你既然不顾念你的母亲，你既然不听话……我就顺着你的意思，我给你祝福。

　　［伊凡诺夫穿着燕尾服，戴着手套，上。

# 七

列别捷夫 得，这就更热闹啦！什么事？

萨沙 你怎么来啦？

伊凡诺夫 我对不住。我可以单独和萨沙谈谈吗？

列别捷夫 在婚礼以前跑到新娘子这儿来，这是不合规矩的！你该到教堂里去了！

**伊凡诺夫** 巴沙,我求你……

〔列别捷夫耸耸肩;他,齐娜伊达·萨维什娜,沙别尔斯基和巴巴金娜,下。

# 八

**萨沙** (严厉地)你有什么事?

**伊凡诺夫** 我愤怒得喘不过气来了,但是我还能冷冷静静地说话。听着!我刚才为了行婚礼,去穿衣裳。我照照镜子,看见我的两鬓已经发白了……萨沙,这不行啊!趁着还来得及,我们应当叫这出无意义的滑稽戏打住……你年轻、纯洁,你有你的前途,而我呢……

**萨沙** 这全是老一套。我已经听过一千遍了,听得都头疼了!到教堂去!不要叫大家尽等着。

**伊凡诺夫** 我要立刻回家去,你告诉你家的人,说婚礼不举行了。对他们解释解释。我们糊涂得够长久的了。我扮演过哈姆莱特,你扮演过一个高贵的小姐,就到此为止吧。

**萨沙** (勃然大怒)你这话是什么意思?我不要听。

**伊凡诺夫** 可是我要说,还要再说。

**萨沙** 你是干什么来的?你的哭声简直变成嘲笑声了。

**伊凡诺夫**　不，我现在并没有哭。嘲笑吗？是的，我是在嘲笑。如果我能够再加一千倍严厉地嘲笑嘲笑我自己，使得全世界耻笑，我也愿意那么做。我在镜子里看着我自己，良心上就像有一颗子弹爆炸了似的！我耻笑我自己，把我羞得几乎要发疯。（笑）什么忧郁呀！高贵的悲哀呀！神秘的愁苦呀！所差的只是我该再写写诗啦……当太阳灿烂地照耀着大地的时候，当蚂蚁都拖拉着它的小小的家当而自满自足的时候，却要我去呜咽，痛哭，给别人痛苦，承认自己的生命力已经永远消失，承认我已经衰老、只是在苟延岁月，承认我已经由着自己弱点的摆布、堕落到极可憎的冰冷无情的程度——要我承认这一切，哈，不行，谢谢吧！要我眼看着有些人把你当作骗子，有些人为你惋惜，还有些人伸出援救的手来，而另外一些人——最使人难堪的是——带着敬意来听你的长叹，把你当作先知，等着你给他们带来新的福音……不行，感谢上帝，我还有自尊心，还有良心呢！我刚才到这儿来的时候，我耻笑我自己，觉得就是那些鸟，那些树，也都在耻笑我啊……

**萨沙**　这不是愤怒，这是疯狂。

**伊凡诺夫**　你以为是这样吗？不，我没有疯。现在我看见了事情的本来面目，我的神志清楚得和你的良心一样。我们相爱着，但是我们永远也不该结婚！我可以随我自己怎么喜欢，去发狂言、去忧郁好了，但是我没有权利去毁灭别人。去年，我用我的呜咽摧残了我太太的性命。你和我订婚以后，你就不会笑了，也老下去了五岁。你的父亲，本来把生活里的一切都看得清清楚楚的，可是现在，由于我的好心，也不能了解别人了。我无论是去参加一个聚会，或者去拜访朋友，或者去打猎，我无论到哪儿，都带去我的烦闷、抑郁和对自己的不满。等一等，不要打断我的话！我说话是粗暴的、野蛮的，但是，原谅我，我愤怒得喘不过气来了，我没有办法不这样说话了。我从来不诬蔑生活或是詈骂生活，可是我如今既然已经变成了一个老牢骚鬼，就不自觉地、错误地詈骂起生活来了，发起命运不平的怨言来了，那么，凡是听见我的话的人，就会被我这种厌恶生活的态度所传染，也詈骂起生活来了。可我这是一种什么态度啊！仿佛我活着就是为了给大自然一点好处似的！叫我下地狱吧！

萨沙　等一会儿……从你刚刚所说的话里，可以推论出来，你对于发牢骚、发怨言已经感到厌倦了，也就是说，应该开始一种新的生活了！……这可也是一个好现象啊……

伊凡诺夫　我看不出是什么好现象，谈谈新生活又有什么用处呢？我什么全完了，没有一点希望了。该是我们两个人都得认清楚这一点的时候了。哼，一种新生活！

萨沙　尼古拉，打起你的精神来！你怎么会认为自己什么全完了呢？这可是一种玩世不恭的态度啊！不，我不想再说，也不想再听了……到教堂去！

伊凡诺夫　我什么全完了！

萨沙　不要这样喊，客人们会听见的！

伊凡诺夫　如果一个受过教育的、健康的、而不是愚昧的人，为了某种并非表面的原因而恸哭，而往下坡滚去，他只有一直不停地滚下去，没有办法可以救他！你看，我到哪儿去求救呢？用什么办法呢？我不能喝酒——喝酒我就头痛；我连歪诗也不会写；我又不能崇拜自己精神的懒惰，认为这里边有什么高超的东西。懒惰就是懒惰，脆弱就是脆弱——我不能给它们换个好听的名字。我全完了，全完了——谈它也没有用处啊！（往四下里看）我们的话可能会被人打断的。听着！如果你爱我，就帮助我吧。马上，就在此刻，跟我解除婚约吧。赶快！……

萨沙　啊，尼古拉，你得知道你把我弄得多么疲惫不堪哪！我的灵魂有多么厌倦啊！你是一个善良的、聪明的人；你就自己判断一下吧，你怎么能给我加上这么多的负担呢？每天都出新的问题，一个问题比一个问题困难……我要的是主动的爱，可现在却成了殉道了！

**伊凡诺夫** 可是等你做成了我的太太，问题还会复杂得多。解除它吧！你必须了解：这不是爱，而是你的诚实天性里的顽固性在你心里起着作用。你给自己立下过一个目标，要不顾一切，用牺牲来叫我重新做人，来救我。你由于想到自己在做着一件不平凡的事情而高兴……现在呢，你已经在准备后退了，只是被一种假的感情阻碍着。一定要了解这一点啊！

**萨沙** 多么古怪、多么错乱的逻辑啊！哼，我能跟你断绝吗？我怎么能跟你断绝啊？你既没有母亲，又没有姊妹，也没有朋友……你已经破产，你的庄园都叫人抢光了，谁都在造你的谣言……

**伊凡诺夫** 我真糊涂，不该来找你……我应该按照我的打算去做……

[列别捷夫上。

# 九

**萨沙** （向她父亲跑去）咳呀，爸爸！他撞到这儿来，像疯了似的，在折磨我！他坚持要我解除婚约；说他不愿意毁掉我的一生。告诉他，说我不接受他这种慷慨。我做的事情，自己并不糊涂。

列别捷夫　　我简直弄不清楚是怎么一回事……什么慷慨呀？

伊凡诺夫　　婚礼不举行了！

萨沙　　必须举行！爸爸，告诉他，必须举行！

列别捷夫　　等一会，等一会！……你为什么不愿意娶她啦？

伊凡诺夫　　我已经跟她解释过了，可是她不理。

列别捷夫　　不，你不要跟她解释，要跟我解释呀，要解释得叫我懂得你的意思！啊，尼古拉·阿列克塞耶维奇，让上帝给你裁判去吧！你把那么一大堆乱七八糟的事儿，带到我们的生活里来，弄得我仿佛住在一间古玩陈列所里似的：我往周围看看，什么我也看不懂啊……这简直是一种刑罚呀……一个老头子，对你可有什么办法呢？跟你去决斗还是怎么着呀？

伊凡诺夫　　不需要决斗。所需要的，只是你的肩膀上得长个脑袋，还得懂俄国话。

萨沙　　（激动地在舞台上走来走去）这可怕，可怕！简直像一个孩子……

列别捷夫　　现在是毫无办法啦，很简单。听着，尼古拉！在你看，你这一切似乎都是聪明的、精明的，也合乎一切心理学原理的，然而在我看来，这似乎是个笑话和不幸啦。最后听我这个老头子一次话吧！这是我对你的忠告：让你的头脑冷静一下！像别人那样,把事情看得简单一点!人世间一切事情都是简单的。天花板是白的,靴子是黑的,糖是甜的。你爱萨沙,她也爱你。如果你爱她,你就留下;你不爱她,你就走;咱们用不着小题大做。嘿,这够多么简单哪!你们两个人都健康、聪明、道德,感谢上帝,也都有饭吃,有衣服穿……你还要什么呢?你没钱吗?好像那有多大关系似的……钱不能给人幸福啊……自然,我懂得……你的产业已经押出去了,你没有钱付利息,可是我是一个做父亲的呀,我懂得……她的母亲,随便她愿意怎么办就怎么办吧,哼,这个女人呀;如果她不肯给钱,她不必给。萨沙说她不要陪嫁。这都是些原则,叔本华[1]……那都是废话……我在银行里有一万私房。(四下望望)这家里可谁也不能让他们知道……奶奶的钱……这也给你们……拿去,可只有一个条件:给玛特维两千……

〔客人们聚在后厅里。

**伊凡诺夫** 巴沙,用不着说了。我要照着我的良心所吩咐的去做。

**萨沙** 我也要照着我的良心所吩咐的去做。随你喜欢怎么说,你就怎么说吧,反正我不放你走。我去叫妈

---

[1] 叔本华(1788—1860),德国哲学家,唯意志论者。

妈。（下）

# 十

**列别捷夫** 我简直一点也听不懂啊……

**伊凡诺夫** 听着，可怜的朋友……我不是要跟你说我是什么样的人——正经或者是个骗子，健康或者是个疯子。那没法子叫你了解。我从前一直是年轻的、热心的、诚恳的，而且不是个傻瓜：我爱过，恨过，也信过神，不像别人似的；我希望过，一个人做过十个人的事；我斗过风车，我拿脑袋撞过墙；也不估计自己的力量，也不考虑，也一点不懂得什么叫作生活，就担负起一副能压折我的腰、累坏我的腿的重担子；我在我的青年时代，急忙忙地把自己的一切用尽；我狂热过，我苦熬苦修过，辛辛苦苦地工作过，我不懂得节制精力。可是你告诉告诉我，我能够不这样干吗？我们人太少，你知道，而要做的事情又是那么多呀，那么多！我的上帝！有多少哇！可是，看看我所奋斗过来的生活，反过头来给我的报偿可又是多么残酷啊！我累坏了。在三十岁上，我忽然清醒了，可是我已经老了，迟钝了，精疲力竭了，紧张过度了，衰败了，头脑也昏沉了，灵魂也懦弱了，没了信心，没了爱，生活没了目的，我就像个影子似地徘徊在人群里，不知道我自己是个什么样的人，不知道我为什么活着，不知道我需要什么……因此，我认为爱是鬼话，温柔是叫人恶心的；认为工作没有意义；认为歌唱和热衷的言语是庸俗的、陈腐的。我无论到什么地方，也都带着苦恼、冷彻骨髓的烦闷、不满和对于生活的厌倦……我全完了，没有一点希望了！在你面前站着的是一个在三十五岁上就意志消沉、幻想破灭、被自己丝毫没有结果的努力压垮的人；他内心受着羞愧的煎熬，他嘲笑着自己的软弱无能……啊，我的自尊心有多么不服气啊，我的愤怒简直叫我喘不过气来啦！（站不稳）你看，我把我自己弄成什么样子了哇！我简直头晕啦……我站不住了。玛特维在哪儿？让他送我回去。

[后厅的声音："伴郎来啦！"]

## 十一

**沙别尔斯基** （上）穿着一身破旧的、借来的礼服……没有手套……为了这个，挨了多少嘲笑的眼色，多少愚蠢的诽谤、庸俗的鬼脸呀！……讨人厌的小人们！

［鲍尔金拿着一束鲜花，穿着晚礼服，戴着作为伴郎标志的一朵花。

**鲍尔金** 哎哟！他跑到哪儿去啦？（向伊凡诺夫）大家在教堂等了你这么老半天，可你还在这儿卖弄你的见解呢。他真是个喜剧演员！他可真是个喜剧演员！你不能和你的新娘子一块儿到教堂去，得分开去，跟我去，等我从教堂回来，再接新娘子。你难道连这个都不懂吗？他可真是个喜剧演员！

**里沃夫** （上，向伊凡诺夫）哈，你原来在这儿啦？（高声）尼古拉·阿列克塞耶维奇·伊凡诺夫，我在大家的面前宣布，你是一个流氓！

**伊凡诺夫** （冷冷地）我很感谢你。

［全体骚动。

**鲍尔金** （向里沃夫）先生，这是可耻的！我要求和你决斗！

**里沃夫** 鲍尔金先生，岂止是和你动武，就是和你说一句话，我都认为有失我的身份！不过，伊凡诺夫先生无论什么时候如果愿意，却是可以得到满足的。

**沙别尔斯基** 先生，我来跟你斗斗！

**萨沙** （向里沃夫）你为什么侮辱他？为了什么？先生们，请你们叫他告诉告诉我，他为什么这样。

**里沃夫** 亚历山德拉·巴甫洛夫娜，我侮辱他不是没有根据的。我是作为一个正直的人，到这里来打开你的眼睛的,所以我请你听我说说。

萨沙　你还能说些什么呢?说你是个正直的人?那全世界早已经知道了!你顶好凭你的良心跟我说说,你是不是了解你自己吧?刚才,你是作为一个正直的人到这里来的,可是进门就破口向他说了一顿几乎可以置我于死地的侮辱话。而以前呢,你一直像个影子似的到处跟着他,毁灭他的生活,你却认为你是在尽你的责任,认为你是一个正直的人。你干预了他的私生活,污辱了他的名誉,非难了他;只要你一有时间,就把匿名信像雨点似的往我这里和所有他的朋友那里送——就在你做这些事情的时候,你却自以为是一个光明正大的人。你,一个医生,就连他的生着病的太太都不肯饶过,你用你的猜疑叫她一刻也不能平静,你却认为那是正当的。你无论做出什么狂暴的行为,无论做出怎样残酷的卑劣行为,却永远相信你自己是一个光明正大的和前进的人!

伊凡诺夫　(大笑着)这不是一场婚礼,而是一场辩论!好哇,好哇!

萨沙　(向里沃夫)那么现在就稍稍想一想吧:你了解不了解你自己?没有头脑、没有心肝的人!(拉着伊凡诺夫的手)咱们走,尼古拉!爸爸,走!

伊凡诺夫　到哪儿去?等一会儿,我来把这一切给结束

一下吧!我的青春在我的心里觉醒了,我的旧我振作起来了!(掏出手枪来)

**萨沙** (尖叫)我知道他想要干什么!尼古拉,我求你!

**伊凡诺夫** 我已经在下坡路上滚得够久了,现在得停止了!该是知道什么时候得告别的时候了!往后站!多谢啦,萨沙!

**萨沙** (尖叫)尼古拉,我求求你呀!拉住他!

**伊凡诺夫** 别管我!(跑到一边,开枪自杀)

——幕落

Антон Павлович Чехов
Иванов

**图书在版编目（CIP）数据**

伊凡诺夫 /（俄罗斯）安东·巴甫洛维奇·契诃夫著；焦菊隐译. —上海：上海译文出版社，2024.6
（契诃夫戏剧全集：名家导赏版；5）
ISBN 978-7-5327-9588-8

Ⅰ.①伊… Ⅱ.①安…②焦… Ⅲ.①多幕剧-话剧剧本-俄罗斯-近代 Ⅳ.①I512.34

中国国家版本馆 CIP 数据核字（2024）第 097790 号

| 伊凡诺夫<br>契诃夫戏剧全集 5<br>名家导赏版 | Антон Павлович Чехов<br>［俄］安东·巴甫洛维奇·契诃夫　著<br>焦菊隐　译 | 出版统筹　赵武平<br>责任编辑　陈飞雪<br>装帧设计　张擎天 |
|---|---|---|

上海译文出版社有限公司出版、发行
网址：www.yiwen.com.cn
201101　上海市闵行区号景路 159 弄 B 座
上海市崇明县裕安印刷厂印刷

开本 787×1092　印张 4.25　插页 3　字数 52,000
2024 年 6 月第 1 版　2024 年 6 月第 1 次印刷
印数：0,001—7,000 册

ISBN 978-7-5327-9588-8/I·6010
定价：32.00 元

本书中文简体字专有出版权归本社独家所有，未经本社同意不得转载、摘编或复制
如有质量问题，请与承印厂质量科联系，T: 021-59404766